O MÉDICO E O MONSTRO

ROBERT LOUIS

STEVENSON

O MÉDICO E O MONSTRO

Tradução
Mariana Varella

Abnara

Titulo original: **The Strange Case of Dr. Jekyll and Mr. Hyde**

COORDENAÇÃO EDITORIAL
Mayara Enohata

ASSISTÊNCIA EDITORIAL
Deborah Reis

PREPARAÇÃO DE TEXTO
Eliane Paradela Arakaki

REVISÃO
Leandro Pasini

PROJETO GRÁFICO, CAPA E DIAGRAMAÇÃO
Rafael Vianna Leal

ASSESSORIA EDITORIAL E DE ARTES
Patricia Nascimento

IMAGEM DE CAPA
© Bettmann/CORBIS/Corbis (DC)/Latinstock

CIP-BRASIL. CATALOGAÇÃO-NA-FONTE
SINDICATO NACIONAL DOS EDITORES DE LIVROS, RJ

S868m
Stevenson, Robert Louis, 1850-1894

O médico e o monstro / Robert Louis Stevenson ; [organização Mayara Enohata ; tradução Mariana Varella]. - São Paulo : Rai, 2011. 96p. : 21 cm (Abnara ; 1)

Tradução de: The strange case of Dr. Jekyll and Mr. Hyde
ISBN 978-85-63672-78-0

1. Ficção escocesa. I. Enohata, Mayara. II. Varella, Mariana. III. Título. IV. Série.

11-3295. CDD: 828.99113
CDU: 821.111(411)-3
07.06.11 09.06.11 026988

DIREITO DE EDIÇÃO

RAI EDITORA
Avenida Iraí, 143 – conj. 61
Moema – São Paulo – SP
CEP 04082-000
Tel: 11- 2384-5434

www.raieditora.com.br
contato@raieditora.com.br

SUMÁRIO

PREFÁCIO

O MÉDICO E O MONSTRO nasceu de um sonho – como "Kubla Khan", o poema mais famoso de Coleridge, o *Frankenstein*, de Mary Shelley, a agulha da máquina de costura, a descoberta da estrutura da molécula de benzeno e a pior música dos Beatles depois de "Ob-la-di Ob-la-da".

Stevenson tinha o costume de ir para a cama contando histórias para si mesmo, na esperança de que "*the little people*" (os pequenos), que ele também chamava de "*Brownies*" (duendes), o visitassem em sonho e continuassem a história ou contassem outra diferente. E isso funcionou várias vezes: "meus *Brownies* – que Deus os abençoe! –, fazem metade do meu trabalho por mim enquanto durmo", ele escreveu no seu livro de relatos de viagem, *Across the plains*. No outono de 1885, depois de dois dias tentando pensar em uma história que ilustrasse "a dualidade do ser humano" para a edição de Natal da *Longman's Magazine*, os duendes deixaram de ser preguiçosos, e ele, finalmente, teve um pesadelo com uma das cenas do livro: a conversa de Jekyll, na janela, com

Utterson e Enfield, que termina de modo abrupto, além de alguns trechos de outras passagens. Sua mulher, Fanny, interrompeu o sonho depois de ouvi-lo gritar, mas Stevenson reclamou: "Estava sonhando com uma bela história de horror."

Diz a lenda – propagada pelo afilhado de Stevenson, Lloyd Osbourne – que ele escreveu a primeira versão do livro em três dias, parando apenas para ler trechos em voz alta para a família. Levou, ao todo, dez semanas até parar de reescrever e deixar o livro na forma em que o conhecemos, e só na Inglaterra vendeu 40 mil exemplares nos primeiros seis meses.

A história é contada como um mistério que envolve o relacionamento do respeitável dr. Jekyll, que não é exatamente um médico, mas um cientista de tendências ocultistas, com o repulsivo Mr. Hyde, bem como a investigação desse mistério pelo advogado Utterson. Quase todos os leitores do livro já conhecem a solução do mistério em razão das inúmeras adaptações para o cinema ou, até mesmo, para desenhos animados (se você não a conhece, talvez seja melhor parar de ler este prefácio por aqui, *pois você está prestes a ler o livro do jeito que Stevenson queria que você o lesse, ou seja, sem saber o seu segredo*. Adeus – tiro-lhe o chapéu – foi um prazer vir com você até aqui).

Contudo, se você já sabe o mistério da trama, podemos prosseguir. Há uma teoria, defendida, entre outros, por K. G. Chesterton, de que a história é uma alegoria da alma escocesa: pois a Escócia está dividida entre duas nacionalidades, a escocesa e a britânica, e duas línguas, o gaélico escocês e o inglês. A história do livro, dizem os escoceses, na verdade se passaria virtualmente em Edimburgo, a cidade natal de Stevenson. Isso porque Edimburgo se divide em duas partes: a nova, que é respeitável e profissional, e a velha, medieval, que no século XIX era habitada por miseráveis e na qual havia todo tipo de crimes (uma espécie de Jekyll e Hyde urbanístico).

Talvez houvesse algum ganho estético se a história fosse de fato transplantada para Edimburgo, que poderia atuar no livro, dadas as devidas proporções, como a Dublin de James Joyce no romance *Ulysses*, mas certamente perderíamos uma das melhores características do livro: a atmosfera de Londres, não tanto a Londres real, mas a Londres dos conto de fadas de Stevenson, aqui em uma versão mais sombria, sórdida e misteriosa, em que o *fog* é tão espesso que chega a deixar encobertas até mesmo partes do interior da casa de Jekyll. Essa Londres, com suas vastas áreas desoladas, "como os bairros de uma cidade em um pesadelo", a lua crescente para sempre inclinada pelo vento, é o lugar perfeito para os crimes de Hyde.

Mas que crimes? Stevenson é um tanto vago quanto a isso – mas podemos, ao menos, especular? Os filmes certamente o fazem, e cometem o erro de mostrar Hyde jogando cartas, bebendo champanhe (estalando os beiços) e bolinando moças. Alguns críticos tentam complicar um pouco a trama, sugerindo homossexualidade, baseados principalmente no fato de que Hyde entra "pela porta dos fundos" na casa de Jekyll. Mas é preciso lembrar que Stevenson disse, em uma carta, que Hyde não era "um mero voluptuoso"; Hyde, ele disse, "não é mais sexual do que outro qualquer". O prazer real de Hyde é a crueldade.

De fato, Hyde é descrito como alguém que: "bebia o prazer que sentia ao torturar os outros com uma avidez bestial". Para se ter uma ideia dos prazeres de Hyde e do quanto eles estavam longe de mera dissolução e *joie de vivre* reprimidas pela Era Vitoriana, veja a cena de seu encontro com o desafortunado e gentil sir Danvers Carew:

> Mr. Hyde perdeu o controle, derrubou-o no chão e, no momento seguinte, com uma fúria símia, pisoteou a vítima e lhe desferiu vários golpes, sendo possível escutar o barulho dos ossos se quebrando e do corpo sendo lançado à rua.

Ou como Jekyll mais tarde escreve para Utterson:

> Com grande regozijo, ataquei aquele corpo dócil, experimentando uma sensação de prazer a cada golpe...

A descrição de ações violentas e vívidas, aqui ou em *A ilha do tesouro*, *Raptado*, *O mestre de Ballantrae* etc., certamente é o seu ponto alto. Passagens como estas fizeram com que um biógrafo, H. Bellyse Baildon, o acusasse de "mania homicida" – o que provocou a seguinte resposta de K. G. Chesterton: "é como se ele dissesse que Conan Doyle adora cometer crimes inexplicáveis". E depois:

> Stevenson era essencialmente o *scholar* robusto que desenha esqueletos e forcas na sua gramática de latim. Não porque ele sentia prazer com a morte, mas porque ele sentia prazer com a vida, em cada ação muscular e enfática da vida, mesmo se fosse a ação que tira a vida de outra pessoa.

Quanto às adaptações para o cinema, ocorre quase sempre o caso triste de ver bons atores (Spencer Tracy no filme de 1941, John Malkovich no de 1996) reduzidos a esgares de raiva e a uma sensualidade brejeira. O melhor filme baseado no livro, aliás, vagamente baseado no livro, é o de Jerry Lewis, *The nutty professor* (*O professor aloprado,* 1963), no qual um professor de química tímido se transforma em um playboy bonitão; nessa escala menos sombria, o Hyde dessa história não é mau, mas só levemente tolo. Dois desenhos animados se saíram melhor: em *Dr. Jekyll e Mr. Mouse* (1947), Tom põe naftalina no leite para envenenar Jerry; porém, em vez de morrer, Jerry vira um rato fortão, duas vezes maior do que antes (embora no livro Hyde seja menor do que Jekyll); e, no melhor de todos, *Hyde and Hare* (1955), o Pernalonga é adotado pelo dr. Jekyll, e Hyde tenta matá-lo várias vezes.

A mais inventiva adaptação do livro, ou nem tanto do livro, mas da dupla Jekyll/Hyde, é a história em quadrinhos *A liga dos cavalheiros extraordinários* (1999), escrita por Alan Moore e ilustrada por Kevin O'Neill, em que Hyde se junta a outros personagens da literatura vitoriana para lutar contra Fu Manchu (v. I) e marcianos (v. II) – no caminho estuprando e matando Hawley Griffin, o Homem Invisível de H. G. Wells.

Prefiro não comentar *Dr. Jekyll and sister Hyde* (1971), da Hammer, pois parei de ver quando Jekyll, depois de cometer os crimes atribuídos a Jack, o Estripador, para conseguir hormônios femininos, transforma-se em uma mulher linda e imediatamente começa a esfregar os próprios seios na frente de um espelho; ou o musical da Broadway (1997) com – entre todas as pessoas no mundo – David Hasselhoff.

Com toda a influência que teve, é um prazer voltar ao livro: ele é sempre melhor do que a ideia que se tem dele antes de lê-lo. É um milagre do estilo; e, como disse Borges, Stevenson é uma das formas da felicidade.

Alexandre Soares Silva

1

A HISTÓRIA DA PORTA

Mr. Utterson, o advogado, era um homem de semblante austero, nunca iluminado por um sorriso; frio, de poucas palavras e tímido; de sentimento contido, magro, alto, enfadonho, melancólico e, ainda assim, de alguma forma adorável. Em reuniões com amigos – e quando o vinho lhe agradava –, algo eminentemente humano brilhava em seus olhos, algo que, sem dúvida, nunca encontrou tradução em sua maneira de falar, mas que transparecia tanto em sua expressão silenciosa após o jantar quanto, com mais frequência e força, em seus atos. Era austero consigo mesmo, bebia gim quando estava só para aplacar o gosto por vinho de boas safras e, embora apreciasse teatro, deixara de cruzar as portas de um por vinte anos. Tinha, porém, uma reconhecida tolerância pelos outros. Às vezes, maravilhava-se, quase com inveja, diante da pressão elevada dos espíritos envolvidos em seus delitos e, em situações extremas, sentia-se inclinado a ajudar em vez de reprovar.

"Sou favorável à heresia de Caim", costumava dizer curiosamente, "deixo meu irmão encontrar-se com o Diabo por seus próprios meios". E, assim, frequentemente, era o último conhecido de boa reputação e a última boa influência na vida de homens decadentes. E, quando tais homens o procuravam em seus aposentos, ele não demonstrava um sinal sequer de mudança em sua conduta.

Sem dúvida, essa proeza era algo fácil ao Mr. Utterson, pois ele era pouco expressivo e, inclusive, sua amizade parecia fundamentada em uma similar catolicidade benevolente. A marca de um homem modesto é aceitar seu círculo de amizades já pronto das mãos da oportunidade, e isso era uma característica do advogado. Seus amigos tinham seu próprio sangue ou eram seus conhecidos havia muito tempo. Seus afetos, como as heras, cresciam com o tempo, não tinham um propósito pertinente. Assim também era, sem dúvida, os laços que o uniam ao Mr. Richard Enfield, seu parente distante, homem muito conhecido na cidade. Era uma dificuldade para muitos entender o que um via no outro ou qual assunto podiam ter em comum. Aqueles que os encontravam em seus passeios aos domingos diziam que eles não conversavam, aparentavam estar aborrecidos e saudavam com um alívio óbvio o encontro com um amigo. Apesar de tudo, os dois homens davam muita importância a essas excursões, considerando-as o ponto máximo da semana, e não só não as trocavam por outros momentos de prazer como até resistiam aos chamados de negócios para desfrutá-las sem serem interrompidos.

Em uma dessas caminhadas, a dupla casualmente percorreu uma travessa em uma região movimentada de Londres. A rua era pequena e podia ser considerada calma, mas abrigava um próspero comércio durante a semana. Os moradores eram aparentemente bem-sucedidos e ambicionavam se tornar ainda mais. Gastavam o que sobrava de seus ganhos em requintes, de modo que as vitrines das lojas ao longo da via tinham um ar convidativo, com fileiras de vendedoras sorridentes. Mesmo aos domingos, quando escondia seus atrativos mais rebuscados e se tornava relativamente mais vazia, a rua brilhava em contraste com a vizinhança lúgubre, como uma fogueira na floresta, e, com suas persianas recém-pintadas, peças de bronze bem polidas, limpeza e atmosfera alegre, atraía e agradava instantaneamente o olhar de quem passava.

A duas portas de uma esquina, na mão esquerda da rua, em direção ao leste, a fila era interrompida pela entrada de um pátio e, bem naquele ponto, o bloco sinistro de um prédio avançava sua empena sobre a rua. Era um prédio de dois andares, não tinha janelas, apenas uma porta no andar de baixo e uma parede escura, e descolorida, no andar superior. Em cada detalhe, viam-se as marcas de uma negligência prolongada e ignóbil. A porta, que não dispunha de campainha e tampouco de aldrava, estava repleta de bolhas e manchas. Vagabundos deitavam-se no recesso e riscavam fósforos no console, crianças brincavam nos degraus, um estudante havia testado seu canivete na moldura da porta e, por quase uma geração, ninguém havia aparecido para afastar esses visitantes casuais ou para concertar os estragos feitos por eles.

Mr. Enfield e o advogado estavam do outro lado da travessa, mas quando chegaram ao lado da entrada, o primeiro ergueu a bengala e apontou.

"O senhor já havia notado aquela porta?", perguntou. E, quando seu companheiro respondeu afirmativamente, acrescentou: "Ela me remete a uma história muito estranha".

"É mesmo?", indagou Mr. Utterson com uma leve alteração na voz, "e que história é essa?"

"Bem, foi o seguinte", continuou Mr. Enfield. "Eu voltava para casa, vindo de algum lugar do fim do mundo, perto das três horas de uma madrugada escura de inverno, e precisei passar por uma área da cidade em que não havia literalmente nada para ver além dos lampiões. Rua após rua, todos dormiam – rua após rua, todas iluminadas como se houvesse uma procissão e vazias como uma igreja –, até que, por fim, entrei naquele estado em que ouvimos coisas e começamos a torcer para avistar um policial. De repente, vi duas figuras: um homem baixo que pisava firme e ia em direção ao leste, e uma garota de talvez oito, dez anos que corria o máximo que podia por uma rua transversal. Bem, senhor, os dois se esbarraram, naturalmente, na esquina e, então, ocorreu a cena terrível: o homem pisoteou calmamente o corpo da menina e a deixou gritando no chão. Contando, a cena não parece tão horrível, mas foi macabra. Ele não parecia humano, parecia uma força sobrenatural. Gritei para atrair sua atenção, corri atrás dele, agarrei-o pelo colarinho e levei-o de volta aonde estava a garota, já cercada por uma pequena aglomeração. Ele estava totalmente calmo e não ofereceu resistência, mas me direcionou um olhar tão terrível que comecei a suar como se estivesse correndo. As pessoas que apareceram lá pertenciam à família da menina, e logo surgiu o médico que a menina fora chamar. Bem, a garota não estava muito mal, apenas assustada, segundo o médico, e talvez fosse possível supor que a história terminasse aqui. Houve, porém, uma circunstância curiosa. Eu odiara aquele homem logo que pus os olhos nele, assim como a família da menina, o que era muito natural. Mas foi o caso do médico que me impressionou. Ele era um boticário comum, cuja idade e cor não chamavam a atenção, com um forte sotaque de Edimburgo e emotivo como uma gaita de fole. Bem, senhor, ele teve a mesma reação que o resto de nós: toda vez que olhava para meu prisioneiro, percebia que o médico ficava nauseado e pálido diante do desejo de matá-lo. Eu sabia o que se passava em sua mente, assim como ele sabia o que se passava na minha, mas como matá-lo estava fora de questão, fizemos o possível para destruí-lo. Dissemos ao homem que poderíamos fazer um escândalo e que seu nome ficaria manchado em toda a cidade. Garantimos-lhe que, se ele tivesse amigos ou algum crédito, poderia perdê-los. E durante todo o tempo, enquanto o ameaçávamos sem parar, mantivemos as mulheres longe dele, pois elas pareciam harpias de tão furiosas. Nunca vi pessoas com tanto ódio, mas o homem permanecia lá, no centro, com uma frieza sombria e desdenhosa – assustado, dava para notar –, mas encarando a situação, senhor, como o próprio demônio. 'Se o senhor quiser tirar proveito da situação', disse ele, 'naturalmente não terei como me defender. Qualquer cavalheiro deseja evitar uma cena. Diga quanto quer.' Nós o persuadimos a dar cem libras para a família da menina. Ficou nítido que gostaria de se safar, mas algo em nós deixou claro que ele poderia ter problemas; por fim, aceitou. Era necessário buscar o dinheiro, e onde o senhor acha que ele nos levou senão àquela porta? Ele pegou a chave, entrou e voltou rapidamente com dez libras em ouro e um cheque ao portador do banco Coutts, assinado por alguém que não posso revelar, embora esse seja um dos pontos centrais da minha história, mas adianto que era uma pessoa muito conhecida e que aparece com frequência na imprensa. O valor era alto, mas a assinatura assegurava mais que aquele valor, se é que era verdadeira. Tomei a liberdade de dizer ao cavalheiro que aquilo tudo era suspeito e que um homem não costuma, na vida real, entrar pela porta de um porão às quatro da manhã e sair com um cheque assinado por outra pessoa no valor de aproximadamente cem libras. Ele, contudo, estava tranquilo. 'Pode ficar descansado', afirmou de modo sarcástico, 'ficarei com os senhores até os bancos abrirem e eu mesmo descontarei o cheque.' Então deixamos o local, o médico, o pai da menina, nosso amigo e eu, e passamos o resto da noite em meus aposentos. No dia seguinte, após tomarmos o café da manhã, fomos juntos ao banco e eu mesmo apresentei o cheque, dizendo que tinha bons motivos para acreditar que era falsificado. Eu estava errado. O cheque era autêntico."

"Tsc, tsc", disse Mr. Utterson.

"Vejo que ambos sentimos a mesma coisa", falou Mr. Enfield. "Sim, é uma história terrível. Ninguém gostaria de estabelecer relações com aquela figura odiosa, e o homem que descontou o cheque dispõe de muitas propriedades, é conhecido também e, o que torna a situação ainda mais grave, uma daquelas pessoas que praticam aquilo que chamamos de 'bem'. Chantagem, suponho; um homem honesto pagando caro pelas travessuras da juventude. Por causa disso, chamo aquele prédio de Casa da Chantagem. Embora até isso, o senhor bem sabe, esteja longe de explicar toda a situação", acrescentou e, com essas palavras, assumiu um ar contemplativo.

Mr. Utterson o tirou de seu estado ao perguntar repentinamente:

"E o senhor não sabe se o homem que sacou o cheque mora ali?"

"Um lugar perfeito, não?", respondeu Mr. Enfield. "Mas reparei em seu endereço, ele mora em uma praça."

"E o senhor nunca perguntou nada sobre aquela porta?", indagou Mr. Utterson.

"Não, senhor, tive a delicadeza de não perguntar", respondeu. "Tenho uma opinião bastante firme quanto a fazer perguntas, isso parece coisa do dia do julgamento. Você faz uma pergunta e é como se lançasse uma pedra. Você se senta calmamente no topo de uma colina, e a pedra rola, empurrando outras no caminho; então, um senhor afável (o último em quem você pensaria acertar) é atingido na cabeça em seu próprio quintal e a família é obrigada a mudar de nome. Não, senhor, sigo uma regra: quanto mais complicada a situação, menos pergunto."

"Essa é uma boa regra", afirmou o advogado.

"Porém, observei o lugar por conta própria", continuou Mr. Enfield. "Mal parece uma casa. Não há outra porta, e ninguém entra nem sai por ela, além, muito de vez em quando, do senhor da minha aventura. Há três janelas que dão para o pátio no primeiro andar, nenhuma no andar de baixo, as janelas estão sempre fechadas, mas limpas. E ali há uma chaminé que emite fumaça com frequência; portanto, alguém deve morar lá. Contudo, não estou certo disso, e os prédios naquele pátio são tão próximos uns dos outros que é difícil dizer onde acaba um e começa o outro."

A dupla continuou a caminhar por mais um tempo em silêncio; então, Mr. Utterson constatou: "Enfield, essa sua regra é muito boa".

"Sim, creio que seja", concordou Enfield.

"De todo modo", continuou o advogado, "há um ponto que gostaria de esclarecer: queria saber o nome do homem que pisoteou a criança."

"Bem", disse Mr. Enfield, "não vejo mal algum em lhe contar. Ele se chamava Hyde."

"Hum", murmurou Mr. Utterson. "Como ele era?"

"Não é fácil descrevê-lo. Há algo errado em sua aparência, alguma coisa desagradável, realmente detestável. Nunca vi um homem que causasse tanta aversão e nem sei bem dizer por quê. Ele deve ter algum defeito, dava a impressão de ter uma deformidade, embora eu não saiba dizer onde. Sua aparência era estranha, mas não consigo apontar nada de errado com ele. Não, meu senhor, não há nada que eu possa fazer, não consigo descrevê-lo. E não é por falta de memória, pois posso vê-lo na minha frente agora mesmo."

Mr. Utterson voltou a andar em silêncio, obviamente considerando o assunto.

"Tem certeza de que ele usou uma chave?", inqueriu por fim.

"Meu caro senhor...", começou Enfield surpreso com sua reação.

"Sim, eu sei", esclareceu Mr. Utterson. "Sei que a pergunta parece estranha. O fato é que, se eu não lhe pergunto o nome do outro envolvido, é porque já sei quem ele é. Veja bem, Richard, você contou sua história. Se não foi preciso em algum ponto, é melhor corrigir-se."

"O senhor deveria ter me avisado", respondeu o outro um tanto taciturno. "Contudo, posso afirmar que fui extremamente preciso, como o senhor disse. O homem tinha uma chave e, o que é mais importante, ainda a tem. Vi-o usá-la não tem sequer uma semana."

Mr. Utterson deu um suspiro profundo sem dizer uma única palavra, e o jovem repentinamente continuou: "Aprendi mais uma razão para ficar quieto. Estou envergonhado por ter falado demais. Façamos um trato: nunca mais toquemos nesse assunto."

"Concordo", disse o advogado. "Estamos combinados, Richard."

2

À PROCURA DE MR. HYDE

NAQUELA NOITE, Mr. Utterson voltou para sua casa de homem solteiro com o humor melancólico e se sentou para jantar sem apetite. Aos domingos, tinha como costume, após terminar a refeição, sentar-se junto à lareira, com um exemplar de teologia pouco interessante na mesinha de leitura, até o relógio da igreja do bairro soar doze badaladas, quando, então, recolhia-se para a cama, sóbrio e agradecido. Naquela noite, entretanto, depois que a mesa fora tirada, ele pegou uma vela e dirigiu-se ao seu escritório. Lá, abriu o cofre, retirou de sua parte mais reservada um envelope cuja inscrição dizia: "Testamento do dr. Jekyll" e se sentou com o cenho franzido para analisar seu conteúdo. O documento estava escrito à mão, pois Mr. Utterson, embora só tivesse se encarregado do testamento já pronto, tinha se recusado a prestar assistência à época de sua redação. O documento estabelecia que, em caso da morte de Henry Jekyll, médico, doutor em direito civil e em leis, membro da sociedade real, entre outros títulos, todas as suas posses deveriam passar às mãos de seu "amigo e benfeitor Edward Hyde"; porém, em caso de "desaparecimento ou ausência sem motivo explicável do dr. Jekyll, por qualquer período além de três meses", o citado Edward Hyde deveria substituir Henry Jekyll, sendo dispensado de qualquer encargo ou obrigação, além do pagamento de pequenas quantias aos membros da casa do médico. Fazia tempo que o documento lhe causava aversão. Ele o ofendia como advogado e como amante do lado sensato e costumeiro da vida, a quem o excêntrico parecia algo indecoroso. E, até aquele momento, o fato de ignorar a identidade de Mr. Hyde havia feito crescer sua indignação; agora, de repente, ele tomara consciência de quem ele era. A situação já era ruim o suficiente quando ele achava que não havia mais nada para se descobrir sobre aquele nome. Ficou ainda pior quando esse nome revestiu-se de atributos detestáveis e, das brumas nebulosas e cambiantes que haviam confundido seu olhar, saltava-lhe a apresentação súbita e definitiva de um demônio.

"Pensei que fosse loucura", afirmou enquanto guardava o documento odioso no cofre, "mas agora começo a temer que seja uma desgraça."

Apagou a vela com um sopro, vestiu um sobretudo e saiu em direção à Cavendish Square, reduto da medicina em que seu amigo, o grande dr. Lanyon, morava e recebia seus numerosos pacientes. "Se alguém souber de algo, será Lanyon", pensou.

O pomposo mordomo já o conhecia e veio recebê-lo.

Sem precisar aguardar, foi conduzido diretamente da porta à sala de jantar em que o dr. Lanyon tomava, sozinho, uma taça de vinho. Ele era um senhor robusto, que dispunha de boa saúde, garboso, de rosto corado, os cabelos precocemente esbranquiçados, modos impetuosos e determinados. Ao avistar Mr. Utterson, pulou da cadeira e o cumprimentou com as duas mãos. A simpatia, que era característica sua, parecia um tanto teatral, mas era baseada em um sentimento genuíno. Os dois eram velhos amigos, companheiros de escola e faculdade, homens que se respeitavam profundamente e, o que nem sempre acontece, apreciavam muito a companhia um do outro.

Após uma conversa trivial, o advogado abordou o assunto que tão desagradavelmente o preocupava.

"Presumo, Lanyon", começou, "que sejamos os amigos mais velhos de Henry Jekyll, não?"

"Gostaria que fôssemos mais jovens", riu o dr. Lanyon. "Mas creio que sim. E daí? Tenho-o visto pouco ultimamente."

"Verdade?", indagou Utterson. "Pensei que vocês tivessem interesses em comum."

"E tínhamos", respondeu. "Porém, faz mais de dez anos que ele se tornou excêntrico demais. Ele passou a se comportar de maneira estranha, a ter pensamentos esquisitos e apesar de eu, é claro, ainda me interessar por ele movido por nossa velha amizade, como dizem, tenho-o visto muito pouco. Besteiras tão sem sentido do ponto de vista científico", acrescentou o médico, ficando repentinamente enrubescido, "teriam afastado até Damon e Pítias."[1]

Aquele pequeno acesso de fúria trouxe, de alguma forma, alívio a Mr. Utterson. "Eles apenas discordaram em alguma questão científica", pensou e, sendo um homem livre de paixões científicas (exceto em questões relativas à transferência de bens), acrescentou: "É apenas isso!". Concedeu alguns segundos a seu amigo para que ele se recompusesse e, então, fez a pergunta que o levara até lá: "O senhor conhece um protegido dele, alguém chamado Hyde?".

"Hyde?", repetiu Lanyon. "Não, nunca ouvi falar dele."

Foi apenas essa informação que o advogado levou com ele para sua cama grande e escura, na qual se revirou até o dia amanhecer. Foi uma noite difícil para sua mente ativa, que se agitava na escuridão, tomada por dúvidas.

1 Na mitologia grega, Damon e Pítias simbolizam a amizade verdadeira. [N. T.]

Quando o relógio da igreja, convenientemente próximo da residência de Mr. Utterson, anunciou seis horas, ele ainda tentava solucionar o problema. Até aquele momento, havia abordado o assunto apenas da perspectiva intelectual, mas agora sua imaginação também estava comprometida, até mesmo escravizada e, quando ele se deitou e adentrou a escuridão da noite e do quarto acortinado, a história de Mr. Enfield surgiu em sua mente como um livro de figuras iluminadas. Ele podia ver uma ampla área de uma cidade iluminada por lampiões, à noite; depois, a figura de um homem andando rapidamente, uma criança fugindo da residência do médico e, então, eles se encontram, e aquele homem monstruoso pisoteia a menina e foge, apesar dos gritos dela. Ou, ainda, via um quarto em uma casa rica, na qual seu amigo dormia, sonhando e sorrindo diante dos sonhos, até que alguém abre a porta do quarto, afasta as cortinas da cama, acorda o homem que lá dormia e – surpresa! – eis que surge ao seu lado um ser poderoso e, mesmo naquela hora avançada, ele teve de se levantar e obedecê-lo. A figura das duas cenas perseguiu o advogado durante a noite toda e, se em algum momento adormeceu, foi para vê-la esgueirar-se pelas casas enquanto seus moradores dormiam ou correr cada vez mais rapidamente, de modo vertiginoso, pelos labirintos amplos de uma cidade à luz de lampiões e para, em cada esquina, esmagar uma criança até ela gritar. Ainda assim, ele não conseguia reconhecer o rosto do homem; mesmo em seus sonhos ele não tinha rosto ou seu rosto o desafiava e se derretia diante de seus olhos e, então, surgiu e cresceu rapidamente na mente do advogado uma curiosidade imensa, quase excessiva de contemplar os traços do verdadeiro Mr. Hyde. O advogado achava que, se pudesse colocar os olhos nele uma única vez, o mistério diminuiria e, talvez, fosse completamente elucidado, como costuma acontecer quando examinamos bem as coisas misteriosas. Ele talvez visse uma razão para a preferência estranha, ou a escravidão de seu amigo (chame como quiser), e até mesmo para a surpreendente cláusula do testamento. Pelo menos seria um rosto que valeria a pena ser visto, a face de um homem impiedoso: um rosto que bastaria aparecer para fazer nascer, na mente pouco impressionável de Enfield, uma hostilidade duradoura.

Daquele momento em diante, Mr. Utterson passou a visitar a porta da travessa cheia de lojas. Durante a manhã, antes do horário comercial, ao meio-dia, quando tinha negócios a tratar e o tempo era escasso, à noite, sob o luar encoberto pelo nevoeiro de Londres: todas as noites e em todas as horas tranquilas ou movimentadas era possível encontrar o advogado apoiado no mesmo poste.

"Se Mr. Hyde gosta de se esconder", pensou, "serei eu a procurá-lo."

E ao menos sua paciência foi recompensada. Era uma noite bem seca e fria, as ruas estavam limpas como um salão de baile, os lampiões, imóveis ao vento, geravam um padrão uniforme de luzes e sombras. Por volta das dez horas, quando as lojas já estavam fechadas, a travessa estava deserta e, apesar dos murmúrios que vinham de toda parte da cidade, muito silenciosa. Ouviam-se sons ao longe, os ruídos domésticos vindos das casas eram bem audíveis nos dois lados da rua, e a chegada de qualquer pedestre era precedida pelo som de seu caminhar. Mr. Utterson estava encostado no poste de sempre quando notou passos estranhos e ligeiros se aproximando. Durante suas rondas noturnas, ele tinha se habituado ao efeito curioso que os passos de uma única pessoa de repente causava quando ainda estava longe, distinguindo-se do zumbido e do estardalhaço da cidade. Os passos ainda não tinham lhe chamado a atenção de modo claro e definitivo. Assim, ele se retirou para a entrada do pátio movido por uma sensação forte e supersticiosa de que se sairia bem.

Os passos se aproximaram rapidamente e logo ficaram mais altos quando o sujeito dobrou a esquina no final da rua. O advogado, espiando da entrada, percebeu com que tipo de homem teria de lidar. Ele era baixo e se vestia de modo simples, e sua aparência, mesmo de longe, causou de alguma forma uma reação fortemente negativa no observador. Ele, contudo, foi direto à porta, cruzando a rua para poupar tempo e, enquanto andava, tirou uma chave do bolso, como se chegasse em casa.

Mr. Utterson deu um passo adiante e tocou-o no ombro quando o homem passou. "Mr. Hyde, presumo."

Mr. Hyde se esquivou, inspirando ruidosamente. Seu medo, porém, foi momentâneo e, mesmo sem olhar para o advogado, respondeu de maneira bastante fria: "Sim, sou eu. O que o senhor deseja?".

"Vejo que está entrando", retrucou o advogado. "Sou um velho amigo do dr. Jekyll – Mr. Utterson, da rua Gaunt –, o senhor já deve ter ouvido falar no meu nome e, já que foi tão oportuno encontrá-lo, achei que o senhor pudesse me convidar a entrar."

"O senhor não vai encontrar o dr. Jekyll, ele não está em casa", esclareceu Mr. Hyde, inserindo a chave na fechadura. E, então, de repente, ainda sem levantar o olhar, indagou: "Como o senhor me conhece?"

"O senhor me faria um favor?", pediu Mr. Utterson.

"Com prazer", respondeu o outro. "O que deseja?"

"O senhor me deixaria ver seu rosto?", pediu o advogado.

Mr. Hyde pareceu hesitar e, então, como se tivesse refletido um pouco, olhou com um ar desafiador, e os dois se encararam fixamente por alguns segundos. "Agora eu o reconheço", constatou Mr. Utterson. "Isso pode ser útil."

"Sim", retornou Mr. Hyde, "é bom que tenhamos nos encontrado e, a propósito, o senhor deve saber meu endereço." E entregou-lhe um número de uma rua no Soho.

"Meu Deus!", pensou Mr. Utterson, "será que ele também tem pensado no testamento?" Contudo, guardou suas impressões para si e apenas resmungou ao receber o endereço.

"E agora", continuou o outro, "como me conhece?"

"Pela descrição", respondeu.

"Que descrição?"

"Temos amigos em comum", observou Mr. Utterson.

"Amigos em comum?", repetiu Mr. Hyde com a voz um pouco rouca. "Que amigos?"

"Jekyll, por exemplo", explicou o advogado.

"Ele nunca lhe disse nada", gritou Mr. Hyde vermelho de raiva. "Não pensei que o senhor mentisse."

"Ora, vamos", disse Mr. Utterson, "esse linguajar não é apropriado."

O outro mostrou os dentes em uma risada selvagem e, depois, com uma rapidez extraordinária, destrancou a porta e sumiu dentro da casa.

Depois que Mr. Hyde o deixara, o advogado, ali parado mais um tempo, era o retrato da inquietude. Ele, então, começou a subir a rua lentamente, parando a cada um ou dois passos, passando a mão no cenho como um homem perplexo. O problema que o acometia enquanto ele caminhava era do tipo para o qual raramente se encontra uma solução. Mr. Hyde era pálido e extremamente baixo, bem como parecia ter uma deformidade. Embora não tivesse qualquer malformação identificável, tinha um sorriso desagradável e se dirigira ao advogado com uma mistura cruel de timidez e audácia, e tinha uma voz rouca, sussurrada e de alguma maneira entrecortada. Todas essas características depunham contra ele, mas nem todas juntas poderiam explicar o asco, o ódio e o medo com que, pela primeira vez na vida, Mr. Utterson o considerara. "Tem de haver mais alguma coisa", falou o perplexo cavalheiro. "Há alguma outra coisa, mas não consigo defini-la. Deus do céu, o homem tem uma aparência quase desumana! Algo troglodítico, poderíamos dizer? Ou seria a velha história do dr. Fell?[2] Ou o mero resplendor de uma alma vil que transpira e transfigura o corpo onde habita? Acho que a última hipótese é a verdadeira. Oh, meu pobre e velho Harry Jekyll, se alguma vez vi um rosto marcado por Satã, foi o do seu novo amigo."

Virando a esquina da travessa, havia uma praça repleta de belas casas antigas, a maioria decadente, transformada em apartamentos e cômodos para o usufruto de homens de todos os tipos e condições: cartógrafos, arquitetos, advogados de reputação duvidosa e representantes de negócios obscuros. Uma das casas, entretanto, a segunda depois da esquina, ainda estava integralmente ocupada. A casa tinha um ar de riqueza e conforto e, embora estivesse imersa na escuridão, iluminada apenas pela luz que entrava pela claraboia, Mr. Utterson parou e bateu na porta. Um criado bem vestido e idoso abriu a porta.

"Dr. Jekyll está em casa, Poole?", perguntou o advogado.

"Vou averiguar, Mr. Utterson", respondeu Poole, recebendo o advogado – enquanto falava – em uma antecâmara espaçosa, confortável e de pé direito baixo, lajeada, aquecida (como em uma casa de campo) por uma lareira luminosa, aberta e decorada com caros armários de carvalho. "O senhor gostaria de esperar aqui, perto da lareira? Ou prefere a luz da sala de jantar?"

"Aqui está bom, obrigado", disse o advogado aproximando-se e debruçando-se sobre o guarda-fogo alto. A antecâmara, onde ele agora estava sozinho, era um capricho do seu amigo médico, e o próprio Utterson a considerava a sala mais agradável de Londres. Naquela noite, contudo, ele sentia calafrios – o rosto de Hyde

2 Referência ao verso escrito por Tom Brown, escritor inglês do século XVII, que cita a figura do dr. Fell, homem de extrema repugnância. [N.T.]

estava marcado em sua memória –, sentia (o que era raro) asco e aversão pela vida e, em seu estado melancólico, pareceu identificar uma ameaça na chama do fogo que oscilava no armário lustroso e na sombra incômoda que se formava no teto. Sentiu vergonha de seu alívio quando Poole retornou rapidamente para anunciar que dr. Jekyll havia saído.

"Vi Mr. Hyde entrando pela antiga porta da sala de dissecação, Poole", avisou. "Ele pode fazer isso quando o dr. Jekyll não está em casa?"

"Sim, senhor, Mr. Utterson", respondeu o criado. "Mr. Hyde tem a chave."

"Seu patrão parece depositar muita confiança naquele jovem, Poole", continuou o outro pensativamente.

"Sim, senhor, de fato", confirmou Poole. "Todos nós temos ordens de obedecê-lo."

"Será que já tive a oportunidade de conhecer Mr. Hyde?", indagou Mr. Utterson.

"Oh, não, senhor. Ele nunca janta em casa", revelou o mordomo. "Na verdade, vemo-lo muito pouco neste lado da casa; em geral, ele entra e sai pelo laboratório."

"Bem, boa-noite, Poole."

"Boa-noite, Mr. Utterson." E o advogado saiu em direção à casa com o coração pesado. "Pobre Harry Jekyll", pensou, "sinto que ele está com sérios problemas! Ele era impetuoso quando jovem, a muito tempo atrás, para ser exato, mas, segundo a lei de Deus, não há prazo de prescrição. Sim, só pode ser isso. O fantasma de algum velho pecado, o câncer de alguma desgraça encoberta: a punição chega, *pede claudo*,[3] anos depois que o erro foi esquecido e perdoado pelo amor próprio." E o advogado, assustado com o

3 "A passos trôpegos", em latim. [N.T.]

pensamento, visitou o próprio passado, vasculhando os cantos da memória para ver se, por acaso, havia alguma caixa de surpresa da qual velhas imoralidades pudessem vir à luz. Seu passado tinha sido bastante inocente, poucos homens podiam analisar sua vida com menos apreensão; no entanto, sentiu-se muito humilhado pelos inúmeros maus atos que realizara, e se reergueu em uma gratidão sóbria e destemida pelos outros que quase realizara, mas evitara cometer. E então, voltando a pensar no assunto, teve uma ponta de esperança. "Se esse Mr. Hyde fosse investigado", pensou, "revelaria seus segredos, segredos terríveis, a julgar pela sua aparência, segredos que, se comparados aos piores segredos do pobre Jekyll, os fariam semelhantes à luz do sol. As coisas não podem continuar como estão. Sinto calafrios ao pensar naquela criatura entrando como um ladrão no quarto de Harry. Pobre Harry, que jeito de despertar! E que perigo! Se Hyde suspeitar da existência do testamento, pode ficar impaciente para colocar as mãos na herança. Sim, preciso ajudar Jekyll, se ele permitir", acrescentou, "apenas se Jekyll permitir." E, mais uma vez, ele viu em sua mente, claras como água, as estranhas cláusulas do testamento.

3

DR. JEKYLL ESTAVA BEM CALMO

QUINZE DIAS DEPOIS, por um golpe de sorte, o doutor ofereceu um de seus agradáveis jantares para cinco ou seis de seus velhos amigos, todos homens inteligentes, de boa reputação e apreciadores de bons vinhos. Mr. Utterson deixou propositadamente todos irem embora antes dele, ficando por último. Isso, porém, não era novidade, pois já havia acontecido várias vezes. Onde Mr. Utterson era estimado, o era de fato. Os anfitriões adoravam prolongar a presença do mordaz advogado depois que os festivos e falastrões se retiravam. Eles gostavam de se sentar um tempo em sua companhia discreta, exercitando a solidão e acalmando a mente diante do silêncio enriquecedor daquele homem depois das extravagâncias e dos esforços das festas. Dr. Jekyll não era exceção a essa regra e, enquanto estava sentado do lado oposto da lareira – um homem de cerca de cinquenta anos, corpulento, forte, feições delicadas, talvez com um quê de malícia, mas com traços que revelavam sua capacidade e bondade –, era possível notar em seu olhar que ele nutria uma afeição sincera e calorosa por Mr. Utterson.

"Faz tempo que desejo falar com você, Jekyll", explicou o advogado. "Lembra-se do seu testamento?"

Um observador mais próximo teria compreendido que o assunto era desagradável, mas o médico o enfrentou alegremente. "Meu pobre Utterson", disse, "que azar ter um cliente como eu. Nunca vi um homem tão aflito como você está por causa do meu testamento, exceto aquele pedante tacanho do Lanyon com aquilo que ele chamava de minhas heresias científicas. Ah, sei que ele é um bom homem – não precisa franzir a testa –, um excelente homem, e sempre tento encontrá-lo mais vezes, mas é um pedante tacanho de todo o jeito, um pedante ignorante e descarado. Nunca me decepcionei com qualquer homem como com Lanyon."

"Você sabe que nunca o aprovei", continuou Utterson ignorando impiedosamente o novo assunto.

"Meu testamento? Sim, certamente, sei disso", afirmou o médico um pouco severo. "Você me disse isso."

"Bem, e digo de novo", continuou o advogado. "Descobri algo sobre o jovem Hyde."

O belo rosto largo do dr. Jekyll ficou pálido até os lábios, e seus olhos se obscureceram. "Não quero ouvir mais nada", falou. "Creio que concordamos em não falar mais nesse assunto."

"O que ouvi é abominável", explicou Utterson.

"Não importa. Você não compreende minha posição", retornou o médico de modo um tanto incoerente. "Estou em uma situação complicada, Utterson, minha posição é muito estranha, muito estranha. Trata-se de um daqueles assuntos que não pode ser tratado com uma simples conversa."

"Jekyll", disse Utterson, "você me conhece: sou um homem digno de confiança. Confie em mim, e o ajudarei a livrar-se desse fardo."

"Meu bom Utterson", falou o médico, "é muito gentil de sua parte, realmente muito gentil, e não consigo encontrar palavras para agradecê-lo. Acredito totalmente em você, mais do que em qualquer outra pessoa, sim, mais que em mim mesmo, se eu pudesse escolher entre nós dois, mas não é o que você está pensando, não é tão grave assim e, para tranquilizar seu bom coração, vou lhe dizer uma coisa: posso me livrar do Mr. Hyde a hora que eu quiser. Dou minha palavra, agradeço muito e digo apenas mais uma coisa, Utterson, com a certeza de que você vai entender: esse é um assunto particular, e imploro para que você não fale mais nisso."

Utterson refletiu um pouco, observando o fogo.

"Tenho certeza de que tem razão", concluiu, por fim, ao levantar-se.

"Bem, mas já que tocamos no assunto, e pela última vez, espero", continuou o médico, "há uma coisa que gostaria de esclarecer. Realmente, interesso-me muito pelo pobre Mr. Hyde. Sei que você o viu, ele me contou, e temo que ele tenha sido rude. Mas, sinceramente, me interesso muito por aquele jovem e, se eu precisar me afastar, Utterson, gostaria que você me prometesse que terá paciência com ele e lhe garantirá seus direitos. Acho que você faria isso de bom grado se soubesse de tudo, e tirará um peso da minha cabeça se me prometer."

"Não posso fingir que gosto dele", explicou o advogado.

"Não peço isso", implorou Jekyll, tocando-lhe o braço, "só peço justiça, apenas peço que o ajude por mim, quando eu não estiver mais aqui."

Utterson não conseguiu reprimir um suspiro. "Bem", reconsiderou, "prometo."

4

O ASSASSINATO DE CAREW

QUASE UM ANO DEPOIS, no dia 18 de outubro de 18..., Londres ficou alarmada diante de um crime de extraordinária ferocidade, que se tornou ainda mais notável devido à elevada posição social da vítima. Havia poucos – mas alarmantes – detalhes a respeito. Uma criada, que morava sozinha próxima do rio, subira as escadas para deitar-se por volta das onze da noite. Embora um nevoeiro envolvesse a cidade durante a madrugada, o início da noite estava claro e a viela em frente à janela da criada brilhava iluminada pelo luar. Tudo indica que a mulher era romântica, pois, sentada em seu baú bem embaixo da janela, contemplava a noite. Nunca (ela costumava dizer, com os olhos marejados, quando contou o fato), nunca tinha se sentido tão em paz com a humanidade ou pensado no mundo com tanto carinho. E, no momento em que estava ali sentada, viu aproximar-se pela viela um senhor idoso, bonito e grisalho, enquanto outro cavalheiro, bem mais baixo, a quem de início não prestara muita atenção, vinha ao seu encontro. Quando os dois se aproximaram o suficiente para conversar (o que ocorreu bem debaixo dos olhos da criada), o homem mais velho se inclinou e abordou o outro de uma maneira muito educada. Não parecia que conversavam sobre um assunto de muita importância. Na verdade, pela sua maneira de apontar, parecia que ele apenas perguntava sobre o caminho que devia tomar. Contudo, a lua iluminou seu rosto enquanto falava, e a mulher gostou de observá-lo. O rosto parecia respirar um ar de bondade inocente e clássica, embora também demonstrasse certa altivez, uma espécie de autoconfiança bem fundamentada. Em seguida, a jovem olhou para o outro e se surpreendeu ao reconhecer um certo Mr. Hyde, que já havia visitado seu patrão e por quem sentira aversão. Ele trazia na mão uma bengala pesada, que agitava no ar, sem nada responder, além de parecer ouvir com uma impaciência que mal conseguia esconder. E, então, sem que ninguém esperasse, irrompeu em um acesso de raiva, batendo o pé, brandindo a bengala e se comportando (como descreveu a criada) como um louco. O cavalheiro idoso deu um passo atrás, com um ar muito surpreso e um tanto ofendido; diante dessa reação, Mr. Hyde perdeu o controle, derrubou-o no chão e, no momento seguinte, com uma fúria símia, pisoteou a vítima e desferiu-lhe vários golpes, sendo possível escutar o barulho dos ossos se quebrando e do corpo sendo lançado à rua. Diante do horror causado por essa visão e pelos sons vindos da vítima, a mulher desmaiou.

Eram duas da manhã quando ela recobrou a consciência e chamou a polícia. O assassino já tinha partido havia muito tempo; porém, deixara a vítima caída no meio da rua, incrivelmente desfigurada. A bengala que atingira a vítima, embora feita de uma madeira rara, muito dura e pesada, havia se partido ao meio sob a tensão daquela crueldade insana, e uma das metades rolara até a sarjeta mais próxima; a outra, sem dúvida, fora levada pelo assassino. Uma carteira e um relógio de ouro foram encontrados sobre a vítima; contudo, não havia qualquer cartão de identificação ou documento, exceto um envelope fechado e selado, que provavelmente seria levado ao correio e que trazia o nome e o endereço de Mr. Utterson.

Na manhã seguinte, levaram o envelope ao advogado, antes mesmo que ele se levantasse da cama. Tão logo Mr. Utterson viu o envelope e foi informado das circunstâncias, avisou solenemente. "Não direi nada até ver o corpo", resumiu, "isso pode ser muito grave. Tenham a bondade de aguardar enquanto me visto." E, com o mesmo semblante sério, tomou café da manhã às pressas e dirigiu-se à delegacia para onde o corpo havia sido levado. Logo que entrou, concordou com a cabeça:

"Sim", afirmou, "eu o reconheço. Sinto informar que se trata de sir Danvers Carew."

"Meu Deus, senhor", exclamou o oficial, "isso é possível?" E logo depois seu olhar se iluminou diante da ambição profissional. "Isso vai gerar uma enorme repercussão", concluiu, "e talvez o senhor possa nos levar a esse homem." Em seguida, o oficial narrou resumidamente o que a mulher havia presenciado e mostrou-lhe a bengala partida ao meio.

Mr. Utterson estremeceu ao ouvir o nome de Hyde, mas quando colocaram a bengala diante dele, não teve mais dúvidas: mesmo quebrada e maltratada, reconheceu a bengala que ele próprio havia dado de presente anos antes a Henry Jekyll.

"Esse Mr. Hyde é um homem de baixa estatura?", perguntou o advogado.

"Especialmente baixo e com uma aparência sobretudo cruel, segundo a criada", contou o oficial.

Mr. Utterson refletiu um pouco e, então, erguendo a cabeça, falou: "Se o senhor me acompanhar ao meu cabriolé, posso levá-lo até sua casa".

Eram cerca de nove horas da manhã e já havia o primeiro nevoeiro da estação. Uma grande cortina cor de chocolate descia do céu, mas o vento soprava continuamente, afastando a muralha de vapores; então, enquanto o cabriolé percorria as ruas, Mr. Utterson contemplava a maravilhosa variedade de tons e matizes da alvorada, pois em um trecho estava escuro como a noite e, em outro, havia um brilho marrom intenso e vívido, como a luz de uma conflagração estranha. Adiante, por um momento, o nevoeiro se dissipava completamente, com um pálido raio de luz diurna brilhando entre um turbilhão de espirais. O sombrio bairro do Soho, vislumbrado sobre lampejos de luz alternantes, com suas ruas cheias de barro, pedestres pouco asseados e lampiões que, ou nunca se apagavam, ou tinham sido acendidos outra vez para combater a nova invasão da escuridão lúgubre, parecia, aos olhos do advogado, um bairro de alguma cidade em um pesadelo. Seus pensamentos eram, além disso, sombrios e, quando ele olhava para seu companheiro de viagem, tinha consciência do terror pela lei e seus oficiais que, por vezes, assalta o mais honesto dos homens.

Quando o cabriolé parou no endereço indicado, o nevoeiro diminuíra um pouco, revelando-lhe uma rua escura, uma taberna, um restaurante francês decadente, um lugar de venda de produtos e saladas baratos, muitas crianças maltrapilhas na soleira das portas e várias mulheres de diferentes nacionalidades saindo, com a chave na mão, para tomar algo pela manhã. Logo o nevoeiro baixou novamente naquela região, assumindo um tom marrom quase ocre e separando Mr. Utterson daquele ambiente vulgar. Aquela era a casa do protegido de Henry Jekyll, um homem que herdaria duzentos e cinquenta mil libras esterlinas.

Uma senhora idosa de rosto branco como marfim e cabelo esbranquiçado abriu a porta. Tinha uma fisionomia maléfica, amenizada pela hipocrisia, mas era muito educada. Sim, disse ela, tratava-se da casa de Mr. Hyde, mas ele não estava: chegara muito tarde na noite anterior e já saíra outra vez havia menos de uma hora. Isso não era estranho, pois seus hábitos eram pouco rotineiros e ele quase nunca estava em casa; por exemplo, até ontem fazia quase dois meses que ela não o via.

"Muito bem; então, gostaríamos de examinar seus aposentos", pediu o advogado e, quando a mulher começou a dizer que era impossível, ele acrescentou: "Acho melhor lhe apresentar este cavalheiro. É o inspetor Newcomen, da Scotland Yard".

Um lampejo de uma alegria odiosa iluminou o rosto da mulher. "Ah!", exclamou, "ele está em apuros! O que ele fez?"

Mr. Utterson e o inspetor trocaram um rápido olhar. "Ele não me parece uma figura muito popular", observou o último. "E agora, minha boa senhora, deixe-nos entrar para darmos uma olhada na casa."

De toda a casa que, à exceção da velha senhora, estava vazia, Mr. Hyde utilizava apenas dois aposentos, que eram decorados com luxo e bom gosto. Havia um armário repleto de garrafas de vinho, as baixelas eram de prata e as toalhas de mesa, muito elegantes. Também era possível ver um belo quadro pendurado na parede – um presente (como supunha Utterson) de Henry Jekyll, que era um grande conhecedor das artes – e os carpetes tinham várias camadas e cores agradáveis. Nesse momento, entretanto, os aposentos mostravam sinais de terem sido remexidos recentemente por alguém com muita pressa, pois as roupas estavam jogadas no chão, com os bolsos revirados; além disso, as fechaduras das gavetas estavam abertas e havia um monte de cinzas na lareira, como se alguém tivesse queimado muitos papéis. O inspetor desenterrou das brasas o canhoto de um talão de cheques verde que havia resistido ao fogo; a outra metade da bengala foi encontrada atrás da porta e, como isso confirmava suas suspeitas, declarou-se satisfeito.

Ele ficou ainda mais exultante quando, em uma visita ao banco, encontrou, na conta do assassino, vários milhares de libras.

"O senhor pode estar certo, senhor", contou a Mr. Utterson, "de que o tenho nas mãos. Ele só pode ter perdido a razão, de outro modo não teria deixado a bengala aqui e, acima de tudo, queimado o talão de cheques, já que o dinheiro é a vida desse homem. Vamos esperá-lo no banco para entregar-lhe o mandado."

Isso, no entanto, não seria algo tão fácil, pois Mr. Hyde tinha poucos conhecidos – mesmo o patrão da criada só o vira duas vezes – e não era possível localizar sua família, pois ele nunca fora fotografado, e os poucos que conseguiam descrevê-lo, divergiam quanto a suas descrições, como é comum entre os observadores em geral. Eles concordavam apenas em um ponto: a sensação recorrente de uma deformidade tácita que o fugitivo causava em quem o via.

5

O INCIDENTE DA CARTA

A TARDE JÁ AVANÇAVA quando Mr. Utterson dirigiu-se à casa do dr. Jekyll, onde logo foi recebido por Poole e levado ao piso inferior. Lá, atravessou a cozinha e um pátio onde outrora havia um jardim até chegar ao edifício indistintamente conhecido como laboratório ou sala de dissecação. O médico havia comprado a casa dos herdeiros de um famoso cirurgião e, como se interessava mais por química do que por anatomia, utilizava o bloco no fundo do jardim com outro intuito. Era a primeira vez que o amigo recebia o advogado naquela área da residência, e Utterson observou com curiosidade o edifício lúgubre e sem janelas. Olhou em volta com uma sensação desagradável de estranheza quando cruzou a sala, antes cheia de estudantes ávidos e agora sóbria e silenciosa, as mesas repletas de equipamentos químicos, o chão coberto de caixas e palhas para embalagens, e a luz débil entrando pela cúpula velada. No final da sala, um lance de escada levava a uma porta recoberta por uma cortina vermelha e, através dela, Mr. Utterson foi por fim recebido no gabinete do médico. Era uma sala grande, repleta de armários de vidro, mobiliada, entre outros objetos, com um espelho basculante, uma escrivaninha e três janelas empoeiradas e gradeadas com barras de ferro que davam para o pátio. O fogo queimava na lareira e um lampião aceso brilhava na prateleira da chaminé, pois, mesmo dentro das casas, o nevoeiro espesso cobria o ambiente, e lá, junto ao calor do fogo, estava sentado o dr. Jekyll, com um ar terrivelmente enfermo. Ele não se levantou para receber a visita, mas estendeu a mão fria e deu-lhe as boas-vindas com uma voz alterada.

"E, então", indagou Mr. Utterson tão logo Poole os deixou a sós, "ouviu as notícias?"

O médico estremeceu. "Houve rumores na praça", respondeu. "Ouvi-os da minha sala de jantar."

"Só tenho uma coisa a dizer", avisou o advogado. "Carew era meu cliente, mas você também o é, e quero saber como devo agir. Você não foi louco o bastante para esconder o sujeito?"

"Utterson, juro por Deus", gritou o médico, "juro por Deus que nunca mais o vi. Dou-lhe minha palavra de honra que não tenho mais nada a ver com ele. Está tudo acabado. E, na verdade, ele nem quer minha ajuda. Você não o conhece como eu; ele está seguro, bem seguro. Escreva o que eu digo, nunca mais ouviremos falar nele."

O advogado escutou tudo com tristeza e não gostou do jeito febril do amigo. "Você parece ter muita certeza disso", disse, "e, pelo seu próprio bem, espero que esteja certo. Se o assunto chegar ao tribunal, seu nome pode ser mencionado."

"Tenho certeza", afirmou Jekyll, "tenho razões para estar certo disso, mas não posso dividi-las com ninguém. Contudo, há algo que você pode me esclarecer. Recebi uma carta e não sei se devo mostrá-la à polícia. Gostaria de deixá-la em suas mãos, Utterson, você vai julgar com sabedoria, tenho certeza. Confio muito em você."

"Você teme, suponho, que ela possa levar seu protegido à prisão?", indagou o advogado.

"Não", respondeu o outro. "Não me importo com o que vai acontecer a Hyde, não tenho mais nada a ver com ele. Estou pensando em minha reputação, que já ficou bem manchada diante desse assunto detestável."

Utterson refletiu um pouco, ficou surpreso e, ao mesmo tempo, aliviado com o egoísmo do amigo. "Bem", disse por fim, "deixe-me examinar a carta."

A escrita da correspondência era singular, com caligrafia verticalizada, e estava assinada por Edward Hyde. Em resumo, a carta dizia que o benfeitor do remetente, dr. Jekyll, a quem ele havia retribuído tão indignamente por sua enorme generosidade, não precisava se alarmar por sua segurança, pois ele possuía meio confiáveis para escapar. O advogado ficou bastante satisfeito com a carta, pois ela dava um tom mais adequado à intimidade entre os dois do que havia pensado. E, então, ele se censurou por algumas de suas suspeitas anteriores.

"Tem o envelope?", perguntou.

"Eu o queimei", respondeu Jekyll, "sem pensar no que fazia. Mas não havia selo do correio. A carta foi entregue em mãos."

"Posso ficar com ela e pensar um pouco a respeito?", quis saber Utterson.

"Gostaria que a julgasse por mim", pediu. "Perdi a confiança em mim mesmo."

"Bem, vou pensar", concluiu o advogado. "E só mais uma coisa: foi Hyde quem ditou os termos do seu testamento referentes ao seu desaparecimento?"

O médico deu a impressão de quase desmaiar, cerrou os lábios e fez um sinal afirmativo com a cabeça.

"Eu sabia", constatou Utterson. "Ele pretendia matá-lo. Teve sorte de escapar."

"Aprendi algo bem mais importante", retorquiu solenemente o doutor. "Aprendi uma lição – oh, meu Deus, Utterson, e que lição!" E cobriu o rosto com as mãos por um instante.

Antes de sair, o advogado parou para trocar algumas palavras com Poole. "A propósito", disse, "alguém entregou pessoalmente uma carta hoje. Qual era a aparência do mensageiro?" Poole, contudo, afirmou que apenas o correio havia passado por lá e entregado somente correspondência sem importância, acrescentou.

Essas notícias o fizeram sair apreensivo. Era evidente que a carta havia sido entregue na porta do laboratório. Na verdade, era até possível que tivesse sido escrita no gabinete e, se assim o fosse, o assunto deveria ser considerado de maneira diferente, com maior cautela. Quando se dirigia para casa, viu os jovens jornaleiros berrarem nas calçadas até ficarem roucos: "Edição especial. Chocante assassinato de um membro do Parlamento!". Aquela era a oração fúnebre de um amigo e cliente, e ele não conseguia evitar certa apreensão e temor diante da possibilidade de o bom nome do outro amigo ser envolvido no escândalo. Ele precisava tomar uma decisão delicada e, apesar de por hábito ser autoconfiante, começou a apreciar a ideia de pedir um conselho a alguém. Ele não o pediria diretamente, mas, pensou, talvez pudesse obtê-lo de forma indireta.

Logo depois sentou-se próximo à lareira de sua casa em companhia de Mr. Guest, seu escrivão-chefe. A meio caminho entre os dois, a uma distância bem calculada do fogo, havia uma garrafa de um vinho envelhecido e especial, que ficara protegida do sol junto aos alicerces da casa. O nevoeiro ainda cobria a cidade, onde a luz dos lampiões tremulava, dando-lhes a aparência de granadas, e, através dessas nuvens baixas que abafavam e sufocavam o som, a vida na cidade prosseguia pelas grandes artérias, gerando o ruído de um vento forte. O fogo que iluminava a sala, porém, animava o ambiente. Na garrafa de vinho, os ácidos já tinham se dissipado, e a cor vermelho-púrpura havia sido suavizada pelo tempo, tornando-se, então, mais viva, como ocorre com os vitrais, e o brilho das tardes quentes de outono nos vinhedos das encostas estava prestes a se libertar e dispersar o nevoeiro de Londres. Sem se dar conta, o advogado começou a se acalmar. Nenhum homem conhecia mais seus segredos do que Mr. Guest, e Utterson nem sempre estava certo de ter guardado tantos segredos dele quanto gostaria. Guest, com frequência, tratava de negócios com o médico. Conhecia Poole e não havia como não ter notado a familiaridade de que Hyde usufruía na casa. Poderia chegar às próprias conclusões e não seria provável, então, que ele teria visto a carta que solucionava aquele mistério? E, acima de tudo, como Guest era um grande estudioso e interessado em caligrafia, não consideraria o pedido natural e lisonjeiro? O escrivão, além disso, era um homem que apreciava dar conselhos, e seria estranho que lesse um documento sem fazer algum comentário – comentário este que poderia levar Mr. Utterson a descobrir como agir no futuro.

"Foi muito triste o que ocorreu com sir Danvers", observou.

"De fato, senhor. Suscitou uma reação pública muito intensa", afirmou Guest. "O homem, sem dúvida, estava louco."

"Gostaria de saber sua opinião sobre esse assunto", pediu Utterson. "Tenho um documento escrito por ele – que fique entre nós dois – e não sei bem o que fazer a respeito. Na melhor das hipóteses, trata-se de um caso terrível. Mas aqui está, eis o autógrafo do assassino bem em suas mãos."

Os olhos de Guest brilharam e ele desabou na cadeira, estudando o documento com paixão. "Não, senhor", disse, "ele não me parece louco, mas tem uma letra estranha."

"Trata-se, segundo dizem, de um homem tão estranho quanto a própria letra", acrescentou o advogado.

Nesse momento, o criado entrou para entregar um bilhete.

"É do dr. Jekyll, senhor?", perguntou o escrivão. "Julguei reconhecer a letra. Algo particular, Mr. Utterson?"

"Apenas um convite para jantar. Gostaria de vê-lo?"

"Um minuto, por favor, senhor", e o escrivão colocou as duas folhas de papel uma ao lado da outra e comparou diligentemente o conteúdo de ambas. "Obrigado, senhor", falou, por fim, ao devolver os papéis. "É uma assinatura muito interessante."

Houve um silêncio, durante o qual Mr. Utterson tentou se controlar. "Por que você as comparou, Guest?", quis saber de repente.

"Bem, senhor", retornou o escrivão, "há uma semelhança singular entre elas: as duas letras são idênticas em vários pontos, apenas a inclinação das letras é diferente."

"Muito curioso", disse Mr. Utterson.

"É mesmo, como o senhor disse, muito curioso", afirmou Guest.

"Sabe, gostaria que não dissesse nada sobre esse bilhete", concluiu o advogado.

"Sim, senhor", concordou o escrivão. "Compreendo."

Porém, tão logo Mr. Utterson ficou sozinho naquela noite, guardou o bilhete no cofre, onde permaneceu daquele momento em diante. "Ora!", pensou. "Henry Jekyll forjando uma carta para proteger um assassino!" E o sangue congelou-se em suas veias.

6

O EXTRAORDINÁRIO INCIDENTE DO DR. LANYON

O TEMPO PASSOU. Foram oferecidos milhares de libras como recompensa, pois a morte de sir Danvers foi considerada ofensa pública, mas a polícia perdera Mr. Hyde de vista como se ele nunca tivesse existido. De fato, boa parte de seu passado fora desenterrada, e nele tudo era vergonhoso: surgiram histórias sobre a crueldade daquele homem, ao mesmo tempo tão insensível e violento, sobre sua vida vil, suas amizades estranhas, o ódio que parecia permear sua carreira, mas, sobre seu paradeiro, nem sequer uma palavra. Ele desaparecera desde o dia em que deixou a casa no Soho, na manhã do crime. Aos poucos, conforme o tempo passava, Mr. Utterson começou a se recuperar de sua inquietude e a ficar mais em paz consigo mesmo. A morte de sir Danvers foi, para ele, mais do que recompensada com o desaparecimento de Mr. Hyde. Livre daquela influência maligna, dr. Jekyll começara uma nova vida. Abandonou a vida reclusa, retomou o relacionamento com os amigos, tornou-se outra vez um convidado habitual e animado e, embora sempre visto por todos como um homem caridoso, passou a ser conhecido também como religioso. Sempre ativo, gostava de sair ao ar livre e de praticar o bem. Seu rosto parecia sincero e resplandecente, como se estivesse tomado por uma vontade íntima de ser útil, e, por mais de dois meses, o médico viveu em paz.

No dia 8 de janeiro, Utterson jantou na casa do médico na companhia de um pequeno grupo de amigos. Lanyon também estava presente, e o anfitrião olhou para os dois convidados como nos velhos tempos, quando o trio de amigos era inseparável. No dia 12 e novamente no dia 14, o advogado encontrou as portas da casa do médico fechadas para ele. "O doutor confinou-se em casa", explicou Poole, "e não quer ver ninguém." No dia 15, tentou outra vez, e também não foi recebido. Acostumado a ver o amigo quase diariamente nos últimos dois meses, sentiu um peso na alma ao ver que ele voltara à reclusão. Cinco dias depois, o advogado convidou Guest para jantar e, no dia seguinte, dirigiu-se à casa do dr. Lanyon.

Lá, ao menos, fora recebido, mas, quando entrou, ficou chocado diante da mudança que ocorrera na aparência do médico. Ele trazia no rosto a sua sentença de morte. O homem corado tornara-se pálido, estava magro e visivelmente mais calvo e velho. Contudo, não foram os sinais de decadência física repentina que mais chamaram a atenção do advogado, e sim um olhar e um jeito de se comportar que pareciam traduzir o terror arraigado em seu espírito. Era pouco provável que o médico temesse a morte, mas, ainda assim, Mr. Utterson se sentiu tentado a suspeitar exatamente disso. "Com efeito", pensou, "ele é médico, deve ter consciência de seu estado físico e de que seus dias estão contados, e saber disso é algo que não consegue suportar." E quando Mr. Utterson fez um comentário sobre seu aspecto enfermo, foi com muita grandeza que Lanyon se declarou um homem condenado.

"Passei por uma grande comoção", contou, "e nunca vou me recuperar. É uma questão de semanas. Bem, a vida foi boa, gostei de viver. Sim, senhor, costumava gostar de viver. Às vezes, penso que, se a conhecêssemos bem, teríamos prazer em abandoná-la."

"Jekyll também está doente", observou Utterson. "Tem-no visto ultimamente?"

A expressão de Lanyon, contudo, mudou totalmente, e ele levantou a mão trêmula. "Não gostaria de ver nem de ouvir falar no dr. Jekyll", disse em voz alta e trêmula. "Não tenho mais nada a tratar com esse homem e lhe imploro que não faça qualquer alusão àquele que considero morto."

"Tsc, tsc", fez Mr. Utterson. Depois de uma pausa considerável, perguntou: "Posso fazer alguma coisa? Somos três velhos amigos, Lanyon, não vamos viver para fazer outros".

"Não há nada a ser feito", respondeu, "pergunte a ele."

"Ele não vai me receber", explicou o advogado.

"Isso não me surpreende", assumiu. "Um dia, Utterson, depois que eu morrer, você talvez descubra a verdade e a mentira de tudo isso. Não posso lhe contar nada. Enquanto isso, se for capaz de se sentar e conversar comigo sobre outros assuntos, pelo amor de Deus, fique e faça isso; porém, se não consegue evitar esse maldito assunto, então, em nome de Deus, vá embora, pois não posso suportá-lo."

Assim que chegou em casa, Utterson se sentou à mesa e escreveu para Jekyll, reclamando por não ter sido recebido por ele e perguntando o motivo do rompimento infeliz com Lanyon. No dia seguinte, recebeu uma longa resposta, repleta de palavras patéticas e, em alguns trechos, com um sentido misteriosamente sombrio. A briga com Lanyon era irreversível. "Não culpo nosso velho amigo", escreveu Jekyll, "mas concordo com ele quando diz que não devemos nos encontrar nunca mais. Pretendo, de hoje em diante, viver em extrema reclusão. Você não deve se surpreender, nem duvidar de minha amizade, se minha porta se mantiver fechada inclusive para você. Deve permitir que eu siga meu próprio caminho sombrio. Causei a mim mesmo um castigo e um perigo que não posso sequer mencionar. Se sou o maior dos pecadores, sou também o maior dos sofredores. Nunca imaginei que pudesse haver na Terra um lugar com tanto sofrimento e tanto terror, e só resta uma coisa a fazer, Utterson, para aliviar meu destino: respeitar meu silêncio." Utterson ficou estupefato. Livre da influência maligna de Hyde, o médico retomara suas antigas tarefas e amizades. Uma semana antes, o futuro lhe sorrira com a promessa de uma velhice alegre e honrada e, de repente, a amizade, a paz de espírito e todo o significado de sua vida iam por água abaixo. Uma mudança tão grande e inesperada parecia sinal de loucura, mas, ao se lembrar do comportamento e das palavras de Lanyon, deveria haver um motivo mais sério para tudo isso.

Uma semana depois, dr. Lanyon caiu de cama e faleceu em menos de quinze dias. Na noite seguinte ao funeral, que lhe abatera profundamente, Utterson trancou-se em seu escritório e, sentado em companhia da luz melancólica de uma vela, colocou diante de si um envelope lacrado e escrito à mão pelo amigo morto. "PARTICULAR: aos cuidados APENAS de G. J. Utterson e, em caso de sua morte, deve ser destruído sem ser lido." Palavras tão enfáticas fizeram com que o advogado temesse analisar seu conteúdo. "Enterrei um amigo hoje", pensou, "e se isso me custar a vida de outro?"; porém, considerou seu medo uma deslealdade e abriu o lacre. Dentro dele havia outro envelope, também lacrado, no qual se lia: "Não abri-lo antes da morte ou desaparecimento do dr. Henry Jekyll". Utterson não podia crer no que via. Sim, desaparecimento, mais uma vez, como no testamento insano que há tempos devolvera ao autor, surgia a ideia de desaparecimento associada ao nome de Henry Jekyll. No testamento, contudo, a ideia viera da sugestão sinistra de Hyde e fora colocada com um propósito claro e terrível. Escrita por Lanyon, o que poderia querer dizer? Uma grande curiosidade tomou conta do depositário, fazendo-o desejar ignorar a proibição e mergulhar de uma vez nas profundezas daqueles mistérios; entretanto, a honra profissional e o respeito pelo amigo falecido eram obrigações rigorosas, e ele guardou o envelope no fundo do seu cofre particular.

Uma coisa é mortificar a curiosidade, outra é vencê-la, e há dúvidas sobre se, daquele dia em diante, Utterson desejou a companhia de seu amigo ainda vivo com o mesmo entusiasmo. Pensou no amigo com carinho, mas seus pensamentos eram inquietantes e amedrontadores. Com efeito, foi procurá-lo, e talvez se sentisse aliviado por não ser admitido na casa, talvez, bem no fundo, preferisse mesmo conversar com Poole na soleira da porta, envolto pelo ar e pelos ruídos da cidade, em vez de ser recebido naquele cativeiro voluntário, sentar-se e conversar com seu prisioneiro impenetrável. Poole não tinha, de fato, qualquer notícia agradável a dar. O médico aparentemente vivia mais do que nunca confinado em seu gabinete no laboratório, no qual, por vezes, dormia. Não tinha ânimo para nada, ficava sempre em silêncio, não lia. Parecia ter algo em mente. Utterson acostumou-se de tal maneira aos relatos repetitivos que passou a visitá-lo cada vez com menos frequência.

7

O INCIDENTE NA JANELA

QUIS O DESTINO QUE, em um domingo, quando Mr. Utterson dava seu costumeiro passeio dominical acompanhado de Mr. Enfield, eles percorressem novamente aquela travessa e, quando passaram em frente à porta, pararam para observá-la.

"Bem", disse Enfield, "pelo menos aquela história acabou. Nunca mais veremos Mr. Hyde."

"Espero que não", afirmou Utterson. "Já lhe contei que o vi uma vez e tive a mesma sensação de repulsa?"

"É impossível vê-lo sem sentir isso", retornou Enfield. "E, a propósito, o senhor deve ter me julgado um asno por não saber que esta é a porta dos fundos da casa do dr. Jekyll! Mas descobri e, em parte, por sua culpa."

"Então, descobriu, não é?", indagou Utterson. "Assim, devemos ir até o pátio e dar uma olhada nas janelas. Para dizer a verdade, estou preocupado com o pobre Jekyll e sinto que, mesmo que do lado de fora, a presença de um amigo pode lhe fazer bem."

O pátio estava frio e um tanto úmido, banhado pela luz do crepúsculo prematuro, embora acima, no céu, a luz do pôr do sol ainda brilhasse. A segunda das três janelas estava entreaberta e, sentado junto a ela, tomando um pouco de ar, com o semblante absorto em uma tristeza infinita, como um prisioneiro desolado, estava dr. Jekyll, que foi avistado por Utterson.

"Ora! Jekyll!", gritou, "espero que esteja melhor."

"Estou bem mal, Utterson", respondeu tristemente, "muito mal. Não vou viver muito mais, graças a Deus."

"Você passa muito tempo dentro de casa", falou o advogado. "Você precisa sair, estimular a circulação, como Mr. Enfield e eu. Dr. Jekyll, este é meu primo, Mr. Enfield. Agora vamos, pegue seu chapéu e venha dar uma volta rápida conosco."

"É muito amável de sua parte", suspirou o outro. "Eu adoraria, mas não, não, não, é impossível, não ousaria. Mas realmente, Utterson, estou muito contente em vê-lo, é um enorme prazer, eu os convidaria a subir, mas a casa está uma bagunça."

"Bem, então", concluiu o advogado com cordialidade, "o melhor a fazer é ficarmos aqui em baixo para conversarmos com você."

"Era exatamente isso que ia me atrever a propor", disse o médico com um sorriso. Mal se ouviram essas palavras, contudo, e o sorriso deixou seu rosto para ser sucedido por uma expressão de terror e desespero de tal modo abjetos que fizeram congelar o sangue de ambos os cavalheiros. Eles observaram a expressão muito rapidamente, pois a janela foi fechada de modo abrupto. A visão, contudo, fora suficiente, e eles se viraram e saíram do pátio sem dizer nada. Ainda em silêncio, atravessaram a rua e, apenas quando chegaram à rua vizinha, onde mesmo em um domingo havia algum movimento, Mr. Utterson se virou e olhou para o companheiro. Os dois estavam pálidos, e seus olhos, tomados pelo terror.

"Deus nos perdoe, Deus nos perdoe", pediu Mr. Utterson.

Mr. Enfield, porém, apenas balançou a cabeça, sério, e voltou a caminhar em silêncio.

8

A DERRADEIRA NOITE

Uma noite, após o jantar, Mr. Utterson estava sentado junto à lareira quando foi surpreendido pela visita de Poole.

"Bendito seja, Poole, o que o traz aqui?", gritou e, depois de observá-lo por um minuto, falou: "O que o aflige? O doutor está doente?".

"Mr. Utterson", disse o homem, "há algo errado."

"Sente-se e tome uma taça de vinho", pediu o advogado. "Agora acalme-se e me diga o que está acontecendo."

"O senhor conhece os hábitos do doutor", explicou Poole, "e sabe que ele costuma se fechar nos aposentos. Bem, ele se trancou de novo no gabinete. Não gosto disso, senhor – preferia morrer a presenciar esse comportamento. Mr. Utterson, senhor, estou com medo."

"Vamos, meu bom homem", perguntou o advogado, "seja mais explícito. Medo de quê?"

"Faz uma semana que estou amedrontado", respondeu Poole ignorando obstinadamente a pergunta, "e não posso mais suportar isso."

A aparência do homem atestava amplamente suas palavras, seu comportamento estava alterado e, com exceção do momento em que anunciou seu terror, não encarara o advogado sequer uma vez. Mesmo agora, permaneceu sentado com a taça de vinho apoiada no joelho, intocada, olhando para um canto. "Não posso mais suportar isso", repetiu.

"Vamos", pediu o advogado, "vejo que tem um bom motivo, Poole, vejo que está acontecendo algo sério. Tente me contar o que é".

"Acho que houve uma traição", explicou Poole, com a voz rouca.

"Traição!", gritou o advogado um tanto assustado e, como consequência, quase irritado. "Que traição? O que quer dizer?"

"Não ouso dizer, senhor", respondeu, "mas o senhor me acompanharia para ver com seus próprios olhos?"

A única resposta de Mr. Utterson foi se levantar e apanhar o chapéu e o sobretudo. Observou com assombro o grande alívio refletido no rosto do mordomo e ficou talvez não menos assombrado ao notar que o vinho ainda não tinha sido provado quando Poole o colocou sobre a mesa, antes de segui-lo.

Era uma noite fria, tempestuosa, típica do mês de março, com uma lua clara que parecia inclinada pelo vento e com nuvens esparsas de textura diáfana como algodão voando no céu. O vento tornava a conversa difícil e deixava o rosto avermelhado. Além disso, ele parecia ter varrido as ruas, excepcionalmente vazias, e Mr. Utterson pensou que nunca havia visto aquela área de Londres tão deserta. Desejou que fosse diferente. Nunca tivera na vida uma vontade tão consciente de ver e tocar outras pessoas, pois seu espírito pressentia uma calamidade arrasadora, embora lutasse ao máximo para vencer o pressentimento. Quando eles chegaram à praça, ela estava tomada pelo vento e pela poeira, e as árvores finas do jardim balançavam ao longo da cerca. Poole, que durante todo o trajeto mantivera-se um ou dois passos à frente, parou no meio da rua e, apesar do frio cortante, tirou o chapéu e limpou a testa com um lenço vermelho. Contudo, apesar de toda a pressa, as gotas que enxugara não foram causadas pelo esforço físico, mas por um tormento sufocante. Seu rosto estava pálido e sua voz, quando ele falou, era áspera e entrecortada.

"Bem, senhor", disse, "aqui estamos, e Deus permita que não haja nada errado."

"Amém, Poole", observou o advogado.

Com isso, o criado bateu à porta de modo bastante comedido. Ela se entreabriu, fechada, ainda, pelo trinco, e uma voz perguntou de dentro da casa: "É você, Poole?"

"Está tudo bem", respondeu. "Abra a porta." Quando os dois entraram, depararam-se com o vestíbulo bem iluminado. O fogo da lareira estava alto, e, junto à chaminé, todos os criados, homens e mulheres, apinhavam-se como um rebanho de carneiros. Ao ver Mr. Utterson, a criada começou a chorar histericamente, enquanto a cozinheira gritou: "Graças a Deus! É o Mr. Utterson" e correu com os braços abertos como se fosse abraçá-lo.

"O que foi? Por que estão todos aqui?", perguntou o advogado mal-humorado. "Muito estranho, muito inapropriado. Seu patrão não iria gostar nada disso."

"Estão assustados", explicou Poole.

Seguiu-se um silêncio aterrador. Ninguém disse nada, apenas a criada levantou a voz e começou a chorar alto.

"Quieta!", ordenou Poole com um tom feroz que denunciava seu estado de nervos, pois, de fato, quando a garota ergueu o tom de seu lamento tão repentinamente, todos se assustaram e viraram o rosto para a porta que dava para o interior da casa em sinal de terrível expectativa. "E agora", continuou o mordomo, dirigindo-se ao ajudante de cozinha, "dê-me uma vela e vamos resolver isso de uma vez por todas." Então, pediu a Mr. Utterson que o seguisse e o levou ao jardim dos fundos.

"Agora, senhor", falou, "faça o menor barulho possível. Quero que o ouça sem que ele note nossa presença. E, se por algum motivo, senhor, ele o convidar a entrar, não aceite."

Os nervos de Mr. Utterson ficaram tão abalados diante dessa condição inesperada que ele quase perdeu o equilíbrio; entretanto, reuniu toda sua coragem e seguiu o mordomo ao prédio do laboratório, atravessando a sala de cirurgia, repleta de caixotes de madeira e frascos, até o pé da escada. Lá Poole fez um gesto para que o advogado ficasse parado e escutasse, enquanto ele, colocando a vela no chão e fazendo um grande e nítido esforço para se decidir, subia os degraus e batia, um tanto incerto, na porta do gabinete, coberta por tecido vermelho.

"Senhor, Mr. Utterson deseja vê-lo", avisou, enquanto, mais uma vez, fazia um sinal brusco para que o advogado escutasse.

Uma voz respondeu do interior do gabinete: "Diga a ele que não posso receber ninguém", avisou em tom queixoso.

"Obrigado, senhor", agradeceu Poole com voz triunfante e, pegando a vela do chão, acompanhou Mr. Utterson pelo jardim até a grande cozinha, onde o fogo estava apagado e as baratas corriam pelo chão.

"Senhor", disse olhando nos olhos de Mr. Utterson, "acha que aquela era a voz do patrão?"

"Pareceu-me muito mudada", respondeu o advogado, muito pálido, retribuindo o olhar.

"Mudada? Bem, sim, acho que sim", concordou o mordomo. "O senhor crê que trabalhando há vinte anos nesta casa eu poderia me enganar quanto à voz desse homem? Não, senhor, o patrão foi assassinado, ele morreu há cerca de oito dias, quando o ouvimos clamar por Deus, e quem está lá em seu lugar, e por que, só Deus sabe, Mr. Utterson!"

"Isso tudo é muito estranho, Poole, é uma história muito extravagante, meu caro", concluiu Mr. Utterson enquanto mordia o dedo. "Suponha que você esteja certo, que o dr. Jekyll tenha sido – digamos – assassinado, o que faria com que o assassino ficasse aqui? Essa história não se sustenta, não faz sentido."

"Bem, Mr. Utterson, é difícil convencer o senhor, mas, apesar de tudo, vou tentar", decidiu Poole. "Durante toda a semana passada, e o senhor deve saber disso, ele, ou aquilo, ou o que quer que viva naquele gabinete, pediu aos berros, noite e dia, um remédio que não conseguia arranjar. Ele costumava – o patrão, quero dizer – anotar seus pedidos em um papel e jogá-lo na escada. Não tivemos nada de excepcional na semana passada, nada além de papéis, a porta trancada e as refeições deixadas à porta, que ele pegava escondido, quando ninguém estivesse olhando. Bem, senhor, todo dia, e duas ou três vezes ao dia, havia ordens e reclamações, e ele me mandava ir correndo à cidade atrás de substâncias químicas. Todas as vezes em que eu trazia a droga de volta, havia outro papel me mandando devolver o produto porque não estava puro e ir a outra drogaria. Ele precisa muito da tal droga, senhor, seja lá para quê."

"Você tem algum desses papéis?", indagou Mr. Utterson.

Poole enfiou a mão no bolso e puxou um papel amassado que o advogado, aproximando-o da vela, examinou cuidadosamente. Nele estava escrito: "O dr. Jekyll apresenta seus cumprimentos aos senhores Maw e garante que sua última amostra é impura e não serve para seu objetivo atual. No ano de 18..., o dr. J. comprou uma grande quantidade do produto dos senhores M. Ele agora implora para que os senhores procurem com empenho e cuidado alguma amostra da mesma qualidade que por ventura tenha sobrado e que a mandem imediatamente. Os custos não devem ser considerados. Isso é extremamente importante para o dr. J." Até aquele trecho a carta estava escrita com calma, mas, então, com uma crepitação repentina da pena, a carta se tornou agressiva. "Pelo amor de Deus", ele acrescentara, "encontrem-me uma amostra antiga."

"Esta é uma nota estranha", concluiu Mr. Utterson. E acrescentou bruscamente: "Como você conseguiu abri-la?".

"O vendedor da Maw ficou irritado, senhor, e jogou o papel em mim como se fosse algo sujo", explicou Poole.

"Esta é, sem dúvida, a letra do doutor, não acha?", indagou o advogado.

"Sim, parece a letra dele", respondeu o mordomo um tanto mal-humorado e, então, com outro tom de voz, disse: "Mas o que importa a letra? Eu o vi!".

"Viu-o?", repetiu Mr. Utterson. "E então?"

"Sim!", falou Poole. "Foi assim: entrei repentinamente na sala de cirurgia vindo do jardim. Ele parecia ter saído escondido para procurar a droga, ou seja lá o que for. A porta do gabinete estava aberta e lá estava ele, no fundo da sala, revirando as caixas. Ele levantou os olhos quando entrei, deu um grito e correu escada acima para o gabinete. Vi-o por apenas um minuto, mas fiquei com os cabelos em pé. Senhor, se aquele é meu patrão, por que trazia uma máscara sobre o rosto? Se era meu patrão, por que gritou como uma ratazana e fugiu de mim? Faz tempo que trabalho para ele. E então..." O homem fez uma pausa e passou a mão no rosto.

"São circunstâncias muito estranhas", avaliou Mr. Utterson, "mas acho que começo a ver a luz no fim do túnel. Seu patrão, Poole, tornou-se vítima de uma dessas enfermidades que torturam e deformam o doente; por isso, penso eu, a mudança em sua voz, a máscara e a recusa em ver os amigos, bem como sua impaciência para encontrar a droga, pois a pobre alma mantém a esperança de se recuperar – Deus permita que ele não se engane! Essa é minha explicação. É muito triste, Poole, e terrível, mas é muito natural, faz sentido e nos livra de todos esses sobressaltos exorbitantes.

"Senhor", disse o mordomo ficando muito pálido, "a verdade é que aquela coisa não é meu patrão. Meu patrão...", ele olhou ao redor e sussurrou: "é alto, bem constituído, e a coisa é praticamente um anão."

Utterson ameaçou protestar. "Oh, senhor", gritou Poole, "acha que não conheço meu patrão depois de vinte anos? Acha que não sei em que altura da porta do gabinete a cabeça dele bate, onde o vi todas as manhãs da minha vida? Não, senhor, aquela coisa mascarada não era o dr. Jekyll – só Deus sabe o que era –, mas não era o doutor, e acredito do fundo do coração que ele foi assassinado."

"Poole", retrucou o advogado, "se você afirma isso, é minha tarefa averiguar. Por mais que deseje não ferir os sentimentos do seu patrão, por mais confuso que esteja por causa daquele bilhete, que parece provar que ele está vivo, considero minha obrigação arrombar aquela porta."

"Ah, Mr. Utterson, isso mesmo!", exclamou o mordomo.

"E aqui vai a segunda questão", avisou, "quem vai fazer isso?"

"Ora, o senhor e eu", respondeu impávido.

"Muito bem", concordou o advogado, "e aconteça o que acontecer, garanto-lhe que não sairá prejudicado."

"Há um machado na sala de cirurgia", continuou Poole, "e o senhor pode levar o atiçador da cozinha."

O advogado pegou o instrumento grosseiro e pesado e tentou equilibrá-lo. "Sabe, Poole", disse erguendo os olhos, "vamos nos colocar em uma posição um tanto perigosa."

"É verdade, senhor, de fato", concordou o mordomo.

"Por isso, precisamos ser francos", explicou o outro. "Nós dois pensamos mais do que dissemos, vamos esclarecer as coisas. Esse ser mascarado que você viu, você o reconheceu?"

"Bem, senhor, foi tão rápido, e ele estava tão curvado que não posso jurar", respondeu. "Mas se o senhor quer perguntar se era o Mr. Hyde, sim, era, acho que era! Veja bem, eles tinham o mesmo tamanho, a mesma rapidez e leveza, e quem mais poderia ter entrado pela porta do laboratório? Não podemos nos esquecer, senhor, do fato de que, quando ocorreu o assassinato, ele ainda tinha a chave da porta. E isso não é tudo. Não sei, Mr. Utterson, se o senhor alguma vez já viu esse Mr. Hyde?"

"Sim", respondeu o advogado, "falei com ele uma vez."

"Então, o senhor deve saber, como nós, que há algo estranho nesse cavalheiro, algo perturbador, não sei bem como explicar, senhor. É como se sentíssemos um frio na medula."

"Senti mais ou menos isso", admitiu Mr. Utterson.

"Entendo, senhor", retornou Poole. "Bem, quando a criatura mascarada pulou feito um macaco entre os produtos químicos e se enfiou no gabinete, senti um frio na espinha. Ah, sei que isso não prova nada, Mr. Utterson. Li muito para saber que isso não basta, mas um homem sente certas coisas, e lhe dou minha palavra de honra de que era Mr. Hyde!"

"Sim, sim", concordou o advogado. "Tenho a mesma impressão. Aquela relação era baseada em algo maligno. Sim, acredito verdadeiramente em você. Creio que o pobre Harry foi morto e que seu assassino (com que intuito, só Deus sabe) ainda está escondido no gabinete da vítima. Faremos justiça. Chame Bradshaw."

O mordomo saiu, muito pálido e nervoso.

"Recomponha-se, Bradshaw", pediu o advogado. "Esse suspense, eu sei, está afetando todos vocês, mas agora queremos acabar com isso. Poole e eu iremos entrar à força no gabinete. Se tudo sair bem, meus ombros são largos o suficiente para assumir toda a responsabilidade. No entanto, caso algo dê errado ou o criminoso tente escapar pelos fundos, você e o garoto devem dar a volta e espreitá-lo com dois bastões na porta do laboratório. Vamos lhes dar dez minutos para que tomem suas posições."

Quando Bradshaw se retirou, o advogado olhou o relógio. "E agora, Poole, assumamos nossas posições", falou e, com o atiçador debaixo do braço, seguiu na frente rumo ao pátio. As nuvens, levadas pelo vento, cobriam a lua, deixando a noite escura. O vento leve, que apenas rompia em sopros e correntes de ar, penetrava no prédio profundo como um poço, fazendo a chama da vela tremular enquanto os dois caminhavam até chegar ao abrigo da sala, onde se sentaram em silêncio para aguardar. Londres zunia ao redor; porém, ali, o silêncio só era quebrado pelos passos constantes no chão do gabinete.

"Ele anda o dia todo, senhor", sussurrou Poole, "e boa parte da noite também. Apenas quando chegam novas amostras do boticário ele para um pouco. Ah, só uma consciência doentia pode ser assim tão inimiga do descanso! Ah, senhor, há sangue derramado em cada passo dele! Mas, escute, mais perto – escute com o coração, Mr. Utterson –, e me diga, é o som dos passos do doutor?"

Os passos eram leves e estranhos, com certo gingado, e, embora vagarosos, eram de fato diferentes do caminhar pesado de Henry Jekyll. Utterson suspirou. "Nunca aconteceu nada de diferente?", quis saber.

Poole balançou a cabeça. "Uma vez", contou. "Uma vez o ouvi chorar!"

"Chorar? Como foi isso?", indagou com um repentino arrepio de horror.

"Chorava como uma mulher ou uma alma perdida", explicou o mordomo. "Fui embora com aquele som no coração e quase chorei também."

Os dez minutos se passaram. Poole retirou o machado de um monte de palha, a vela tinha sido colocada sobre a mesa mais próxima para iluminá-los durante o ataque, e eles se aproximaram, com a respiração suspensa, daquele vaivém de passos intermitentes no silêncio da noite.

"Jekyll", berrou Utterson, "exijo vê-lo." Ele esperou um momento, mas não houve resposta. "Aviso-lhe mais uma vez, temos sérias suspeitas e preciso e vou vê-lo", avisou, "se não por bem, por mal, então! Se não nos der sua permissão, entraremos à força!"

"Utterson", disse a voz, "pelo amor de Deus, tenha piedade!"

"Ah, essa não é a voz de Jekyll, é a de Hyde!", gritou Utterson. "Derrube a porta, Poole!"

Poole girou o machado sobre o ombro, o golpe fez o prédio tremer, e a porta coberta com tecido vermelho balançou as trancas e dobradiças. Um guincho melancólico, como o de um animal apavorado, ecoou no gabinete. O mordomo ergueu o machado novamente, e outra vez o batente da porta estremeceu. O machado golpeou a porta quatro vezes, mas a madeira era resistente e as peças eram de excelente fabricação. Foi apenas no quinto golpe que a tranca se rompeu e a porta caiu aos pedaços no carpete do aposento.

Poole e Mr. Utterson, alarmados diante do tumulto causado e do silêncio que se sucedeu, afastaram-se um pouco e espiaram. O gabinete estava iluminado pela luz suave do lampião, o fogo alto brilhava e crispava na lareira, a chaleira apitava, uma ou duas gavetas encontravam-se abertas, alguns papéis estavam dispostos ordenadamente sobre a mesa e, perto do fogo, a louça aguardava o chá: podia-se dizer que era o aposento mais calmo e, com exceção do armário apinhado de substâncias químicas, o lugar mais comum de Londres.

No meio do gabinete havia o corpo de um homem que se contorcia e tremia de dor. Eles se aproximaram na ponta dos pés, viraram-no de costas e reconheceram o rosto de Edward Hyde. Ele vestia roupas muito largas, adequadas ao corpo do médico. Seu rosto ainda se contraía como se ele estivesse vivo, mas a vida havia se esvaído daquele corpo, e a ampola quebrada em sua mão e o cheiro forte de amêndoas no ar fez Utterson ter certeza de que olhava o corpo de um suicida.

"Chegamos tarde demais", afirmou seriamente, "para salvá-lo ou puni-lo. Hyde se foi, e sobrou para nós encontrar o corpo do seu patrão."

A maior parte do prédio era ocupada pela sala de cirurgia, que tomava quase todo o andar inferior. A luz entrava por cima e pelo gabinete, que formava parte do andar superior em uma das extremidades e dava vista para o pátio. Um corredor ligava a sala à porta que saía na travessa. O gabinete se comunicava separadamente com a porta por um segundo lance de escadas. Além disso, havia apenas alguns quartos escuros e um sótão espaçoso. Eles examinaram todos os espaços minuciosamente. Não foi necessário mais que uma breve olhada nos quartos, pois estavam vazios e, considerando a poeira que caía das portas, fechados havia tempos. O sótão, na verdade, estava repleto de objetos velhos, a maioria da época do cirurgião que precedera Jekyll, e, assim que abriram a porta, perceberam a inutilidade da procura: caiu-lhes uma enorme teia de aranha emaranhada, em perfeito estado, que há anos bloqueava a entrada. Não havia sequer sinal de Henry Jekyll, vivo ou morto.

Poole pisou com força na laje do corredor. "Ele deve ter sido enterrado aqui", concluiu ao escutar o som.

"Ou pode ter fugido", disse Utterson, voltando-se para examinar a porta que levava à travessa. A porta estava trancada e, ali perto, sobre a laje, encontraram a chave já enferrujada.

"Não parece que foi usada", observou o advogado.

"Usada!", ecoou Poole. "O senhor não vê que está quebrada como se tivesse sido pisada?"

"Sim", continuou Utterson, "e os pedaços também estão enferrujados." Os dois homens se olharam assustados. "Não estou entendendo nada, Poole", explicou. "Voltemos ao gabinete."

Subiram a escada em silêncio e, lançando olhares assombrados ocasionalmente para o cadáver, passaram a examinar o conteúdo dos quartos com mais cuidado. Sobre uma mesa havia resquícios de um experimento com substâncias químicas, vários montes de um sal branco em um pires de vidro, como se o infeliz tivesse sido impedido de terminar o trabalho.

"Era esta a droga que eu costumava trazer a ele", revelou Poole, e, enquanto falava, a chaleira começou a apitar, indicando que a água fervia.

Os dois aproximaram-se da lareira, onde a poltrona fora confortavelmente colocada e o serviço de chá estava montado, próximo ao braço da poltrona, com o açúcar já na xícara. Havia vários livros em uma prateleira, um estava aberto ao lado da louça de chá, e Utterson se surpreendeu ao encontrar uma cópia de uma obra religiosa, pela qual Jekyll havia várias vezes demonstrado muita estima e que agora continha anotações blasfemas, escritas pelo seu próprio punho.

Depois, voltando a examinar o aposento, os dois encontraram o espelho basculante e o olharam com um terror incontrolável. O espelho, no entanto, revelou apenas o brilho rosado das chamas refletido no teto, o fogo repetindo-se centenas de vezes no vidro dos armários e o semblante pálido e apavorado dos dois.

"Esse espelho viu coisas estranhas, senhor", sussurrou Poole.

"Certamente nenhuma mais estranha do que ele mesmo", disse baixinho o advogado. "Para que queria Jekyll", deteve-se sobressaltado ao pronunciar o nome do médico, mas logo recuperou-se e continuou: "para que Jekyll queria isso?".

"Talvez o senhor saiba a resposta!", exclamou Poole. Em seguida, os dois voltaram à escrivaninha. No meio dos papéis bem organizados, por cima de tudo, havia um envelope grande, endereçado, com a letra do médico, a Mr. Utterson. O advogado abriu-o e, de dentro dele, caíram vários outros envelopes no chão.

O primeiro era um documento com os mesmos termos estranhos daquele que Utterson devolvera seis meses antes, que serviria de testamento em caso de morte e de documento de doação em caso de desaparecimento; porém, em vez do nome de Edward Hyde, o advogado, indescritivelmente assombrado, leu o nome de Gabriel John Utterson. Ele olhou para Poole, para o documento e, por fim, para o malfeitor que jazia no carpete.

"Estou confuso", assumiu. "Ele esteve em posse deste documento durante todos esses dias. Ele não tinha qualquer motivo para gostar de mim e deve ter sentido ódio ao saber-se substituído por mim, mas não destruiu o documento."

Ele pegou o outro papel. Era uma carta escrita pelo médico, com a data escrita no alto.

"Oh, Poole!", gritou o advogado, "ele estava vivo e esteve aqui hoje. Ele não pode ter sido levado e desaparecido em tão pouco tempo, ele deve estar vivo e ter fugido! Por quê? Como? E, assim, podemos dizer que houve um suicídio? Oh, temos de ser cuidadosos. Posso prever que envolvemos seu patrão em uma terrível catástrofe."

"Por que o senhor não a lê, senhor?", sugeriu Poole.

"Porque tenho medo", respondeu seriamente o advogado. "Tomara Deus que eu não tenha motivos para isso!" E, ao dizer tais palavras, aproximou a carta dos olhos e o leu:

"CARO MR. UTTERSON – quando esta carta cair em suas mãos, eu terei desaparecido. Embora eu não possa prever sob quais circunstâncias, meu instinto e tudo que envolve minha indescritível situação indicam que meu fim é certo e está próximo. Então, vá em frente e primeiro leia a narrativa que Lanyon me disse que iria deixar sob seus cuidados. Se quiser saber mais a respeito, procure a confissão de

Seu indigno e infeliz amigo,
HENRY JEKYLL"

"Há uma terceira carta?", indagou Utterson.

"Aqui, senhor", respondeu Poole, colocando nas mãos de Utterson um envelope grande e selado em vários lugares.

O advogado guardou-o no bolso. "Não direi nada a respeito desta carta. Se seu patrão fugiu ou está morto, não vamos destruir sua reputação. Agora são dez horas, vou para casa ler esses documentos com calma; contudo, devo voltar até meia-noite, e aí procuraremos a polícia."

Os dois saíram e trancaram a porta da sala atrás deles. Utterson, mais uma vez deixando os criados reunidos perto da lareira, dirigiu-se com dificuldade ao seu escritório para ler as duas narrativas que explicariam o mistério.

9

O RELATO DO DR. LANYON

EM NOVE DE JANEIRO, quatro dias atrás, recebi na entrega do final do dia uma carta registrada, escrita pelo meu amigo e colega de faculdade Henry Jekyll. Fiquei bastante surpreso, pois não tínhamos o hábito de trocar correspondências. Havia visto-o, na verdade, jantado com ele na noite anterior e não conseguia imaginar nada em nossa relação que justificasse a formalidade de uma carta registrada. Seu conteúdo aumentou meu assombro. A carta dizia:

"10 de dezembro de 18...

CARO LANYON, você é um dos meus amigos mais antigos e, embora tenhamos, por vezes, discordado em questões científicas, não me lembro, pelo menos de minha parte, de nenhum rompimento em nosso afeto. Se algum dia você me tivesse dito: 'Jekyll, minha vida, minha honra, minha sensatez dependem de você', eu sacrificaria minha mão esquerda para ajudá-lo. Lanyon, minha vida, minha honra, minha sensatez estão em suas mãos. Se você não puder me ajudar nesta noite, estarei perdido. Deve supor, depois desta introdução, que lhe pedirei algo desonroso. Julgue você mesmo.

Gostaria que você adiasse todos os seus compromissos marcados para esta noite – sim, mesmo que tenha sido chamado para visitar a cabeceira de um imperador –, alugasse um cabriolé, a menos que o seu esteja aguardando na porta e, com esta carta em mãos para futuras consultas, se dirigisse diretamente à minha casa. Poole, meu mordomo, tem ordens estritas. Você o encontrará aguardando sua chegada na companhia de um serralheiro. Ambos terão de forçar a porta do meu gabinete, mas você deverá entrar sozinho. Abra o armário de vidro (letra E) à esquerda, quebrando a fechadura, caso esteja trancada, e tire, sem tocar em seu conteúdo, a quarta gaveta de cima para baixo ou (o que dá no mesmo) a terceira de baixo para cima. Em minha enorme aflição, sinto um medo mórbido de lhe passar alguma instrução errada, mas, mesmo que eu erre, você vai reconhecer a gaveta pelo seu conteúdo: algumas substâncias em pó, uma ampola e um caderno de anotações. Rogo-lhe que leve essa gaveta com você a Cavendish Square exatamente como a encontrar.

Essa é a primeira parte do serviço; agora passemos à segunda. Se você partir assim que receber este bilhete, voltará bem antes da meia-noite; no entanto, vou deixar-lhe uma margem de tempo, não apenas pelo medo de um desses contratempos que não podemos prever, mas também porque será melhor que seus criados já estejam dormindo para terminar sua tarefa. À meia-noite, então, peço que esteja sozinho em seu consultório, para receber pessoalmente em sua casa o homem que se apresentará em meu nome e entregar a ele a gaveta que levou com você do meu gabinete. Então, terá feito sua parte e ganhará minha eterna gratidão. Cinco minutos depois, se ainda insistir em uma explicação, terá compreendido que esses arranjos são de máxima importância e que negligenciar um deles, por mais fantásticos que pareçam, o tornará responsável por minha morte ou pelo naufrágio da minha razão.

Embora confie plenamente que você não deixará de atender ao meu apelo, meu coração fica apertado e minhas mãos tremem só de pensar nessa simples possibilidade. Pense que agora estou em um lugar estranho, lutando contra uma angústia obscura impossível de se imaginar, e ainda consciente de que, se você me atender pontualmente, meus problemas se resolverão. Atenda-me, meu caro Lanyon, e salve seu amigo,

H.J.

P.S.: Já havia selado o envelope quando uma nova ideia aterrorizante assolou minha alma. É possível que o correio se atrase e não lhe entregue esta carta antes de amanhã de manhã. Nesse caso, caro Lanyon, cumpra a missão durante o dia, no momento em que julgar mais conveniente e, mais uma vez, espere meu mensageiro até a meia-noite. Talvez seja tarde demais. Se essa noite passar sem qualquer acontecimento estranho, você saberá que chegou o fim de Henry Jekyll."

Depois de ler a carta, tive a certeza de que meu amigo havia enlouquecido; entretanto, até que isso fosse provado e qualquer possibilidade de dúvida afastada, senti-me impelido a cumprir seu pedido. Quanto menos entendia daquela mixórdia, menos me julgava em condições de avaliar sua importância; contudo, não poderia deixar de atender a um apelo tão óbvio sem assumir uma enorme responsabilidade. Assim, levantei-me da mesa, peguei um cabriolé e dirigi-me direto à casa de Jekyll. O mordomo aguardava minha chegada. Ele também havia recebido uma carta registrada com instruções e mandara buscar de pronto um serralheiro e um carpinteiro. Enquanto conversávamos, chegaram os dois artesãos.

Partimos juntos em direção à antiga sala de cirurgia do dr. Denman, de onde (como, sem dúvida, já sabe) é mais conveniente entrar no gabinete do dr. Jekyll. A porta era muito pesada, com uma fechadura de ótima qualidade. O carpinteiro admitiu que teria muita dificuldade e que faria um grande estrago caso usasse a força para abri-la. O serralheiro estava quase desesperado, mas, como era muito habilidoso, depois de duas horas de trabalho conseguiu abrir a porta. O armário marcado com um E estava destrancado. Peguei a gaveta, enchi-a com palha e a envolvi em um lençol antes de levá-la a Cavendish Square.

Ali comecei a examinar seu conteúdo. Os pós estavam embalados com cuidado, mas não com a sutileza de um farmacêutico, de modo que estava claro que tinham sido embalados por Jekyll, e, quando abri um dos embrulhos, encontrei o que me pareceu um simples sal cristalino de cor branca. Logo em seguida, observei a ampola, que estava cheia até a metade com um líquido vermelho--sangue, que exalava um odor acre e que me pareceu conter fósforo e algum éter volátil. Não consegui adivinhar os outros ingredientes. O livro era um exemplar vulgar que continha apenas algumas datas, mas que cobriam um período de vários anos. Notei que essas entradas cessavam quase um ano atrás e repentinamente. Havia aqui e ali uma breve observação anexada à data, contendo, em geral, apenas uma palavra: “dobrar”. Em um total de cem registros, a palavra aparecia talvez seis vezes, e, uma vez, bem no começo da lista, seguida por vários pontos de exclamação, surgia a frase “fracasso completo!!!”. Isso tudo, apesar de aguçar minha curiosidade, esclareceu-me muito pouco da situação. Havia uma ampola com alguma tintura, um embrulho com um tipo de sal e o registro de uma série de experimentos que não chegaram (como muitas das investigações de Jekyll) a resultados práticos. Como a presença desses artigos em minha casa poderia afetar a honra, a sanidade ou a vida de meu caprichoso colega? Se seu mensageiro poderia vir até minha casa, por que não poderia ir a outro lugar? E, mesmo diante de algum impedimento, por que aquele cavalheiro precisava ser recebido por mim em segredo? Quanto mais refletia sobre o assunto, mais ficava convencido de que estava lidando com um caso de doença mental e, embora tenha dispensado meus criados para que se recolhessem, carreguei um velho revólver para o caso de precisar me defender.

Quando os sinos de Londres acabavam de soar meia-noite, bateram gentilmente à porta. Fui recebê-lo pessoalmente e me deparei com um homem baixo, agachado nos pilares do pórtico.

"O senhor veio da parte do dr. Jekyll?", indaguei.

Ele me respondeu afirmativamente com um gesto contido e, quando o mandei entrar, ele só me obedeceu depois de lançar um olhar investigativo à praça escura. Havia um policial não muito longe, avançando com a lanterna acessa e, diante da visão, julgo que meu visitante se assustou e entrou depressa.

Essas particularidades me causaram, confesso, uma sensação desagradável e, enquanto o seguia em direção ao consultório bem iluminado, mantive a mão no revólver. Ali, pelo menos, tive a chance de vê-lo com nitidez. Estava certo de que nunca o tinha visto antes. Ele era baixo, como já disse, mas o que mais me impressionou foi sua expressão espantosa, uma combinação singular de intensa movimentação muscular e aparente debilidade de constituição física e – por fim, mas não menos importante – uma sensação estranha e subjetiva causada por sua aproximação: uma rigidez incipiente, acompanhada de uma notável queda na pulsação. Naquele momento, atribuí tal sensação a uma aversão pessoal e idiossincrática, e apenas me espantei diante da gravidade dos sintomas, mas, desde então, tenho tido razões para acreditar que a causa reside nas profundezas da natureza humana e que necessita de algo mais nobre que o simples princípio do ódio.

Aquela pessoa (que desde o momento em que entrou me causou o que só posso descrever como uma curiosidade repugnante) estava vestida de tal modo que teria exposto uma pessoa comum ao ridículo: suas roupas, devo dizer, apesar de confeccionadas com tecidos caros e sóbrios, eram muito grandes para seu tamanho, as calças dançavam-lhe nas pernas e estavam dobradas para evitar que roçassem o chão, a cintura do casaco caía-lhe abaixo dos quadris e o colarinho ia esgarçado até os ombros. É estranho afirmar isso, mas esse traje ridículo estava longe de me levar ao riso. Em vez disso, havia algo anormal e doentio na essência daquela criatura que agora me encarava – algo envolvente, surpreendente e revoltante –, uma nova disparidade que parecia encaixar-se e reforçar sua natureza de tal forma que meu interesse nela e no caráter daquele homem somava-se a uma curiosidade por sua origem, sua vida, seu destino e *status* no mundo.

Essas observações, embora tenham ocupado tanto espaço que me levaram a escrevê-las, foram feitas em segundos. Meu visitante estava, na verdade, muito exaltado, atingido por uma agitação sombria.

"Você a tem?", gritou. "Tem?" Sua impaciência era tão vívida que ele, inclusive, pôs as mãos sobre meu braço e tentou me chacoalhar.

Afastei-o, consciente de que seu toque causava-me um arrepio frio que percorria meu sangue. "Ora, vamos, senhor", falei. "O senhor se esquece de que não sinto o menor prazer em conhecê-lo? Sente-se, por favor." E sentei-me para dar o exemplo em minha cadeira habitual, reproduzindo o comportamento que costumo ter diante de meus pacientes, até onde me permitiam o adiantado da hora, a natureza das minhas preocupações e o horror que me causava meu visitante.

"Peço-lhe desculpas, dr. Lanyon", respondeu com cordialidade. "O que o senhor disse está correto, minha impaciência me fez ser indelicado. Venho aqui a pedido do seu colega, dr. Henry Jekyll, para tratar de um assunto, e soube que..."

Fez uma pausa e levou as mãos à garganta, e pude ver, apesar de sua calma, que ele lutava contra o início de uma crise de histeria. "Soube que há uma gaveta..."

Contudo, fiquei penalizado diante de seu suspense e, talvez, de minha própria curiosidade.

"Aqui está, senhor", disse apontando para a gaveta que estava no chão atrás da mesa, ainda coberta pelo lençol.

Ele saltou em sua direção e então parou e colocou a mão no coração. Podia ouvir seus dentes rangendo pela convulsão que acometia suas mandíbulas. Seu rosto estava tão pálido que fiquei com medo de que ele perdesse a vida e a lucidez.

"Recomponha-se", ordenei.

Ele me deu um sorriso terrível e, movido pelo desespero, puxou o lençol. Ao ver o conteúdo da gaveta, suspirou alto com tanto alívio que me sentei petrificado. Em seguida, com uma voz aparentemente calma, indagou: "O senhor tem uma proveta?".

Levantei-me com algum esforço e entreguei-lhe o que me pedira.

Ele me agradeceu com um aceno e um sorriso, mediu uma pequena quantidade da tintura vermelha e acrescentou um dos pós. A mistura, antes de um tom avermelhado, começou, conforme os cristais se dissolviam, a adquirir uma coloração mais viva, a efervescer e a exalar pequenas fumaças de vapor. De repente, a ebulição cessou e a mistura assumiu um tom roxo escuro, que se transformou lentamente em verde aquoso. Meu visitante, que assistira às metamorfoses atentamente, sorriu, colocou o vidro sobre a mesa, virou-se e olhou para mim com ar inquisidor.

"E agora", disse, "passemos ao que nos resta fazer. O senhor será sensato? Aceitará ser orientado? Permitirá que eu pegue este vidro e saia de sua casa sem lhe dizer mais nada? Ou a curiosidade já comanda suas ações? Pense antes de responder, pois faremos como o senhor decidir. Caso aceite, o senhor será deixado como antes, nem mais rico nem mais sábio, a menos que servir a um homem em perigo mortal conte como riqueza da alma. Ou, se o senhor assim preferir, novos conhecimentos e novos caminhos que levam à fama e ao poder serão abertos ao senhor, aqui, nesta sala, neste instante, e diante de seus olhos surgirá um prodígio que abalará a descrença em Satã."

"Senhor", falei mostrando uma frieza que eu estava muito longe de ter, "o senhor fala de modo enigmático; portanto, talvez não se espante por eu tê-lo ouvido sem lhe acreditar muito. Mas já que fui tão longe em meus serviços inexplicáveis, não vou parar antes de ver o fim de tudo isso."

"Está bem", concordou o visitante. "Lanyon, lembre-se do seu juramento, pois o que vou lhe dizer deve ser mantido no segredo de nossa profissão. E agora, você que esteve ligado por tanto tempo às ideias mais limitadas e materiais, que negou a virtude da medicina transcendental, que ridicularizou seus superiores – veja!"

Ele levou o copo aos lábios e bebeu tudo em um só gole. Em seguida, deu um grito, cambaleou, segurou-se à mesa e esperou, com os olhos avermelhados, respirando com a boca aberta e, quando o vi se aproximar, julguei presenciar uma mudança – ele parecia inchar, seu rosto de repente ficou enegrecido e seus traços pareceram derreter e se alterar; em seguida, saltei e recuei até a parede com o braço erguido para me proteger daquele prodígio, minha mente submersa em terror.

"Oh, Deus! Oh, Deus", gritei várias vezes, pois ali, bem diante dos meus olhos – pálido e tremendo, quase desmaiando e tateando à sua frente, como um homem ressuscitado – lá estava Henry Jekyll!

Tudo que ele me contou na hora seguinte não sou capaz de me lembrar para colocar no papel. Vi o que vi, ouvi o que ouvi, e minha alma caiu enferma. Ainda agora, que aquela visão se esvaiu dos meus olhos, pergunto-me se acredito nela e não sei responder. Minha vida ficou abalada até as raízes, não consigo mais dormir, um terror mortal me assola todas as horas do dia e da noite, sinto que meus dias estão contados e que vou morrer – e, ainda assim, devo morrer incrédulo. Quanto à infâmia moral que aquele homem me revelou, mesmo com lágrimas de penitência, não consigo recordar sem estremecer de horror. Só lhe direi uma coisa, Utterson, e isso (se você puder acreditar nela) será mais que suficiente. A criatura que adentrou minha casa naquela noite era, segundo o próprio Jekyll me confessou, conhecido pelo nome de Hyde e era perseguido em todos os cantos pelo assassinato de Carew.

HASTIE LANYON

10

O RELATO COMPLETO DE HENRY JEKYLL SOBRE O CASO

Nasci no ano de 18..., dono de uma grande fortuna, dotado, ademais, de excelentes talentos, inclinado por natureza ao trabalho, dispondo do respeito dos melhores e mais sábios dentre meus semelhantes e, assim, como era possível supor, com todas as garantias de um futuro honrado e eminente. E, na verdade, meu pior defeito era certa disposição impaciente para a festividade, que fez a alegria de muitos, mas tal disposição era difícil de conciliar com meu desejo impetuoso de manter a cabeça erguida e assumir uma postura mais séria diante do público. Por isso, consegui ocultar meus prazeres e, quando atingi a idade da reflexão, quando começamos a olhar ao redor e analisar nosso progresso e posição social no mundo, vi-me já profundamente comprometido com uma vida dupla. Muitos homens teriam se gabado de tais irregularidades pelas quais me sentia culpado; porém, diante das altas expectativas que traçara para mim, eu as via e escondia com uma sensação quase mórbida de vergonha. Foi, antes, a exata natureza das minhas aspirações – e não qualquer degradação dos meus erros – que me fez ser o que era e a separar, com uma trincheira ainda mais profunda que na maioria dos homens, as esferas do bem e do mal que dividem e compõem a natureza dupla do homem. Nesse caso, fui levado a refletir profunda e persistentemente sobre aquela rígida lei da vida, que é a base da religião e uma das maiores fontes de sofrimento. Embora minha dualidade fosse tão profunda, eu não era hipócrita, os meus dois lados eram verdadeiros, eu era a mesma pessoa quando, deixando a moderação de lado, mergulhava na infâmia ou quando trabalhava, à luz do dia, no avanço do conhecimento que visava aliviar a tristeza e o sofrimento. E quis o destino que a direção dos meus estudos científicos, que se voltavam para o místico e o transcendental, criasse e derramasse luz sobre a consciência dessa guerra eterna entre minhas vidas. A cada dia, e com os dois lados de minha inteligência, o moral e o intelectual, aproximava-me cada vez mais dessa verdade, por cuja descoberta parcial fui condenado a um naufrágio assustador: o homem não é de fato um, mas dois. Digo dois porque meu conhecimento não vai além. Alguns me seguirão, outros igualmente me superarão, e ouso dizer que, no fim, o homem será conhecido como um mero ser onde habitam seres múltiplos, incongruentes e independentes. Eu, de minha parte, pela natureza de minha vida, avançava infalivelmente em apenas uma direção. Aprendi a reconhecer a profunda e primitiva dualidade do homem em meu lado moral e em mim mesmo. Vi que, das duas naturezas que lutavam em minha consciência, mesmo se eu pudesse afirmar ser uma delas apenas, isso se deveria ao fato de eu ser radicalmente as duas, e, desde o início, antes mesmo que o curso de minhas descobertas científicas começassem a sugerir a possibilidade de tal milagre, aprendi a pensar com prazer, como se se tratasse de um sonho querido, na separação desses dois elementos. Eu dizia que, se cada um pudesse habitar identidades diferentes, a vida se libertaria do insuportável: o injusto, livre das aspirações e do remorso de seu irmão gêmeo, poderia seguir em frente, e o justo poderia percorrer firme e seguramente seu caminho ascendente, realizando as coisas boas em que encontra prazer, sem se expor mais à desgraça e à penitência trazidas pelas mãos do estranho mal. A maldição da humanidade consistia no fato de que esses ramos incompatíveis viviam tão unidos que, nas agonizantes entranhas da consciência, esses gêmeos opostos lutavam continuamente. Como, então, dissociá-los?

Estava nesse ponto da minha reflexão quando, como disse, uma luz tênue na mesa do laboratório começou a iluminar o assunto. Comecei a perceber, mais profundamente do que jamais fora possível, a imaterialidade aterradora, a nebulosa transitoriedade desse corpo aparentemente sólido dentro do qual vivemos. Descobri que certos agentes têm o poder de abalar e tirar essa vestimenta carnal, assim como o vento sacode as cortinas de um pavilhão. Não abordarei profundamente esse aspecto científico de minha confissão por dois bons motivos. Primeiro, porque aprendi que o destino e o fardo de nossa vida estão atados para sempre aos ombros dos homens e, quando tentamos nos livrar deles, eles retornam com uma pressão ainda mais desconhecida e terrível. Segundo, porque minha narrativa tornará claro, pelo menos assim espero, que minhas descobertas são incompletas. Basta saber, então, que não apenas reconheci meu corpo natural por meio da simples aura e da radiação de certos poderes que constituíam meu espírito como também consegui desenvolver uma droga capaz de destronar esses poderes de sua supremacia e substituí-los por uma segunda aparência, não menos natural para mim, pois era a expressão e trazia a marca dos elementos mais inferiores da minha alma.

Hesitei muito tempo antes de submeter essa teoria à prática. Sabia muito bem que corria o risco de morrer, pois toda droga com tamanho poder de abalar a verdadeira fortaleza da identidade poderia, ao menor excesso de dose ou por um erro no momento de ministrá-la, destruir completamente esse tabernáculo imaterial que eu procurava modificar. A tentação, contudo, de uma descoberta tão singular e profunda no final superou todos os meus medos. Fazia algum tempo que eu tinha preparado a tintura. Comprei de uma só vez, de uma loja de produtos farmacêuticos, uma grande quantidade de determinado sal que já sabia ser, de meus experimentos, o último ingrediente necessário e, tarde de uma noite amaldiçoada, misturei os elementos, observei-os ferver e entrar em ebulição juntos no vidro e, quando a ebulição cessou, bebi a poção em um súbito ato de coragem.

Fui acometido por espasmos atrozes, senti os ossos sendo triturados, uma náusea mortal e um terror na alma que nem o momento do nascimento e da morte podem superar. Então, essa agonia começou a passar e senti-me como se estivesse me recuperando de uma terrível doença. Havia algo de estranho, indescritivelmente novo e incrivelmente agradável. Senti-me mais jovem, mais leve, feliz em meu corpo, experimentava uma imprudência inebriante, enquanto imagens sensuais desordenadas corriam em minha mente. Notei que os laços que me prendiam às obrigações se desfaziam e sentia na alma uma liberdade desconhecida, mas nada inocente. Percebi que tinha me tornado, desde a primeira vez que respirara o ar da nova vida, mais cruel, dez vezes mais cruel, como se fosse um escravo da minha maldade original, e esse pensamento, naquele instante, envolveu-me e deleitou-me como se fosse vinho. Estendi as mãos, exultante diante do frescor dessas sensações e, ao fazer isso, repentinamente me dei conta de que minha estatura havia diminuído.

Àquela época, eu não tinha espelho no meu quarto, o que está atrás de mim enquanto escrevo só chegou mais tarde e com o firme propósito de testemunhar essas transformações. A noite, entretanto, havia muito se transformara em madrugada – e, escura como era, estava prestes a dar lugar ao dia –, os moradores da minha casa estavam envolvidos pelo mais profundo dos sonos, e decidi, tomado pela esperança e pelo triunfo, aventurar-me fora do quarto com minha nova aparência. Cruzei o jardim, onde as constelações me observavam, e pensei, assombrado, que eu era a primeira criatura daquela espécie que sua vigilância ininterrupta havia lhes revelado. Então, deslizei pelos corredores como um estranho em minha própria casa e, ao voltar para o quarto, vi, pela primeira vez, a aparência de Edward Hyde.

Devo apenas falar teoricamente agora, explicando não o que já sei, mas o que considero mais provável. O lado maligno da minha natureza, a quem tinha concedido o selo da eficácia, era menos robusto e desenvolvido que o lado bom que eu acabara de depor. Afinal, no curso da minha vida, que havia sido uma vida de esforço, virtude e controle, esse lado tinha sido muito menos exercitado e esgotado. Por isso, creio, Edward Hyde era muito mais baixo, mais magro e mais jovem do que Henry Jekyll. Quando o bem brilhava no rosto de um, o mal aparecia ampla e evidentemente escrito na face do outro. Além disso, o mal (que ainda acredito ser o lado letal do homem) tinha deixado naquele corpo uma marca de deformidade e decadência. E ao olhar para aquele ídolo horrível refletido no espelho, não senti repugnância, e sim uma vontade de acolhê-lo. Ele também fazia parte de mim. Parecia-me natural e humano. Ele se afigurava, aos meus olhos, uma imagem mais vívida do meu espírito, mais expressiva e singela do que o semblante imperfeito e dividido que havia me acostumado a identificar como meu. E nisso eu estava, sem dúvida, certo. Tinha observado que, quando assumia o semblante de Edward Hyde, ninguém se aproximava de mim sem demonstrar apreensão. Presumo que isso seja porque todos os seres humanos, tal como os conhecemos, sejam uma mistura do bem e do mal, e Edward Hyde, isolado entre a humanidade, era a representação do mal puro.

Olhei-me no espelho por um momento. Ainda era preciso, contudo, realizar o segundo e conclusivo experimento. Eu precisava verificar se havia perdido minha identidade definitivamente e, para isso, tinha de sair, à luz do dia, daquela casa que não era mais minha. Pensando nisso, voltei às pressas ao meu gabinete, preparei mais uma vez a bebida e tomei-a, sofrendo novamente os espasmos da dissolução, adquirindo, ainda uma vez, o caráter, a estatura e o rosto de Henry Jekyll.

Naquela noite, cheguei à encruzilhada fatal. Se eu tivesse me aproximado de minha descoberta com um espírito mais nobre, se tivesse me arriscado a fazer o experimento enquanto ele ainda estava sob o império de aspirações mais generosas ou piedosas, tudo poderia ser de outro jeito e, dessas agonias do nascimento e da morte, eu teria emergido um anjo, e não um demônio. A droga não fazia discriminações, não era diabólica nem tampouco divina, ela apenas arrebentara as portas da prisão do meu caráter e, como os prisioneiros de Filipos,[4] quem estivesse dentro dela poderia escapar. Naquele tempo, minha virtude fraquejou. Meu lado mal, despertando minha ambição, estava alerta e pronto para aproveitar a ocasião, e o que surgiu foi Edward Hyde. Portanto, embora eu tivesse agora duas personalidades e duas aparências – uma totalmente má e outra que ainda correspondia ao antigo Henry Jekyll –, essa mistura incongruente eu já não esperava mais que conseguisse mudar nem melhorar. O movimento que eu iniciara ia, pois, em direção ao pior.

Mesmo àquela altura, não havia conseguido vencer minha aversão pela aridez da vida dedicada ao estudo. Ainda me sentia bem disposto às vezes, mas como meus prazeres, para dizer o mínimo, não eram nada dignos e eu era não apenas conhecido mas também muito considerado, embora estivesse envelhecendo, essa

4 Referência à prisão de São Paulo na cidade de Filipos. [N. T.]

incoerência da minha vida me era cada vez menos tolerável. Naquele momento, meu novo poder tentou me escravizar. Eu só precisava beber o líquido do copo, deixar de uma vez o corpo do conhecido professor e assumir, como se fosse um manto grosso, o de Edward Hyde. Sorri diante dessa ideia, pois ela me parecia, à época, engraçada, e assumi os preparativos com todo o cuidado. Aluguei e decorei a casa do Soho, onde a polícia procurou Hyde. Contratei como criada uma pessoa que sabia ser discreta e pouco escrupulosa. No entanto, anunciei aos meus criados que alguém chamado Mr. Hyde (a quem descrevi) deveria ter toda a liberdade para frequentar minha casa na praça e, para evitar contratempos, apresentei-me com minha segunda aparência com o intuito de lhes parecer familiar. Depois escrevi aquele testamento ao qual você tanto objetou, pois, se alguma coisa me acontecesse enquanto eu estivesse sob a identidade do dr. Jekyll, eu poderia assumir a personalidade de Edward Hyde sem sofrer perdas pecuniárias. E supondo-me totalmente protegido, comecei a usufruir das estranhas imunidades da minha posição.

Certos homens contratam bandidos para executar seus crimes, sem colocarem em risco a si próprios e a sua reputação. Fui o primeiro a praticá-los por prazer. Fui o primeiro a aparecer diante das pessoas cheio de respeitabilidade e, logo em seguida, como um garoto, soltar-me dessas amarras e mergulhar no mar da liberdade. Para mim, em meu manto impenetrável, a segurança era total. Pense bem, eu nem mesmo existia! Só precisava atravessar a porta do meu laboratório e aguardar um ou dois segundos para preparar e beber a mistura que sempre tinha à mão, pois, não importava o que ele fizesse, Edward Hyde desapareceria como uma baforada no espelho, e em sua casa segura e tranquila, à luz da lâmpada do escritório, estaria Henry Jekyll, um homem que poderia rir diante de qualquer suspeita.

Os prazeres que passei a procurar sob meu disfarce não eram, como já disse, nada dignos, e eu mal poderia usar um termo mais forte para defini-los. Porém, nas mãos de Edward Hyde, eles logo começaram a se tornar monstruosos. Quando eu voltava dessas excursões, costumava ser assolado por um assombro diante da degradação que experimentava indiretamente. Esse parente a quem chamava de minha própria alma e que enviava à busca de prazer era um ser intrinsecamente maligno e vil. Cada ato e pensamento seu era autocentrado. Ele bebia o prazer que sentia ao torturar os outros com uma avidez bestial. Era cruel como se fosse feito de pedra. Muitas vezes, Henry Jekyll ficava aterrorizado diante dos atos de Edward Hyde, mas a situação não podia ser julgada por leis comuns, e isso amenizava insidiosamente o peso da consciência. Era Hyde, afinal, e apenas ele o culpado. Jekyll não se tornara alguém pior, ele despertava de novo para suas boas qualidades aparentemente intactas e, por vezes, até se apressava, quando era possível, para desfazer o mal causado por Hyde. E assim sua consciência adormecia.

Não desejo adentrar os detalhes da infâmia de que eu, de certo modo, fui cúmplice (pois nem mesmo agora posso garantir que as cometi), desejo apenas apontar as advertências e passos sucessivos que me levaram ao castigo. Certa vez, ocorreu-me um incidente que menciono apenas de passagem, pois não trouxe grandes consequências. Um ato de crueldade contra uma criança despertou em um transeunte uma grande indignação com a minha atitude (e esse transeunte, como outro dia reconheci, é seu parente). O médico e a família da menina se juntaram a ele, houve momentos em que temi por minha vida e, com a intenção de ao menos acalmar seu justo ressentimento, Edward Hyde os levou até a porta e os pagou com um cheque sacado em nome de Henry Jekyll. Esse perigo, contudo, seria facilmente eliminado se, no futuro, eu abrisse uma conta em outro banco no nome do próprio Edward Hyde e, ainda, se eu criasse uma letra um pouco inclinada para frente. Desse modo, pensei, forneceria ao meu duplo outra assinatura e estaria longe do alcance do destino.

Dois meses antes do assassinato de sir Danvers, eu voltei de uma das minhas aventuras e, no dia seguinte, acordei com uma sensação estranha. Em vão olhei ao redor, em vão observei os excelentes móveis e o pé direito alto do meu quarto na casa da praça, em vão reconheci o padrão das cortinas da cama e o desenho da sua estrutura de mogno, algo continuava a me dizer que eu não estava onde estava, que eu não acordara onde parecia estar, mas, sim, no pequeno quarto do Soho em que costumava dormir quando assumia o corpo de Edward Hyde. Sorri para mim mesmo e, lentamente, comecei a questionar, em meu estilo psicológico, os elementos dessa ilusão, mergulhando, enquanto fazia isso, em um agradável torpor matinal. Estava envolvido na tarefa quando, em um dos momentos em que estava mais desperto, meus olhos observaram minha mão. As mãos de Henry Jekyll (como você mesmo já notou várias vezes) eram as de um profissional em forma e tamanho: eram grandes, firmes, brancas e bonitas. No entanto, a mão que eu agora via claramente sob a luz amarelada da manhã de Londres, meio aberta sobre os lençóis, era fina, nodosa, pálida e coberta por uma camada espessa de pelos escuros. Era a mão de Edward Hyde.

Devo tê-la olhado por quase meio minuto, tomado pela estupidez do assombro, antes que o terror me atingisse o peito, súbito e assustador como uma batida de címbalos. Levantei-me da cama e corri para o espelho. Diante da visão que me acometeu, meu sangue se transformou em uma substância estranha e gelada. Sim, tinha ido me deitar como Henry Jekyll e acordara Edward Hyde. 'Como era possível explicar isso?', perguntei a mim mesmo e, em seguida, acometido por outra onda de terror: 'como medicar isso?'.

Já era de manhã, os criados já estavam de pé, todas as minhas drogas estavam no gabinete – um longo caminho para alguém paralisado pelo terror: dois andares de escada para cruzar, o pátio aberto e a sala de anatomia. Talvez fosse possível cobrir o rosto, mas de que adiantaria, se não teria como esconder minha nova estatura? E, então, com uma sensação agradável e poderosa de alívio, lembrei que os criados estavam habituados ao entra e sai do meu segundo eu. Vesti-me o mais rapidamente que pude com roupas adequadas ao meu tamanho, passei pela casa, onde encontrei Bradshaw, que olhou e recuou diante da visão de Mr. Hyde naquela hora e com aqueles trajes, e, dez minutos depois, dr. Jekyll estava de volta à sua forma, sentado, com o cenho franzido, fingindo tomar o café da manhã.

Na verdade, tinha pouco apetite. Aquele incidente inexplicável, a reviravolta em minha experiência prévia, pareceu-me, como o dedo na parede da Babilônia, a sentença do meu julgamento. Comecei a refletir, pela primeira vez mais seriamente, sobre os problemas e as possibilidades da minha dupla existência. A parte de mim que tinha poder de se projetar já tinha sido recentemente muito exercitada e nutrida. Parecia-me que, ultimamente, o corpo de Hyde havia crescido, como se (quando eu adquiria sua forma) eu estivesse consciente de que meu sangue fluía com mais generosidade. Comecei a vislumbrar um perigo: caso a situação se prolongasse por muito tempo, o equilíbrio da minha natureza poderia mudar permanentemente, poderia perder o poder de mudar quando eu quisesse, e o caráter de Edward Hyde assumiria irrevogavelmente o lugar do meu. O poder da droga nem sempre surgia da mesma forma. Uma vez, no início da minha carreira, fracassara totalmente e, desde então, fui obrigado, por mais de uma vez, a dobrar e, uma vez, a triplicar a dose, correndo um grande risco de morrer. Essas raras incertezas eram, até aquele momento, a única sombra que atrapalhava minha satisfação. Agora, entretanto, e à luz do acidente daquela manhã, comecei a perceber que, se no início minha dificuldade era me livrar do corpo de Jekyll, agora começava a ocorrer, gradual e decididamente, o contrário. Todas as coisas que se sucederam antes pareciam apontar para isto: eu estava, aos poucos, perdendo o controle sobre meu eu original e superior e, lentamente, me transformando no meu segundo e pior eu.

Eu sentia que precisava escolher entre os dois. Minhas duas naturezas tinham memórias em comum, mas compartilhavam as outras faculdades de modo desigual. Jekyll (que era complexo) previu e desfrutou dos prazeres e das aventuras de Hyde, ora com as mais prudentes apreensões, ora com entusiasmo, mas Hyde era indiferente a Jekyll – ou antes se lembrava dele como um bandido se recorda da caverna onde se esconde das perseguições. Jekyll tinha um interesse mais que paternal, e Hyde demonstrava uma indiferença mais que filial. Juntar meu destino a Jekyll seria deixar morrer aqueles apetites que, secretamente e por fim, passei a satisfazer. Juntar meu destino a Hyde seria deixar morrer milhares de interesses e aspirações, e me tornar, de uma só vez e para sempre, desprezado e solitário. A barganha poderia parecer desigual, mas havia algo mais a ser considerado: enquanto Jekyll sofria dolorosamente nas chamas da abstinência, Hyde nem sequer tinha a consciência de tudo que havia perdido. Minhas circunstâncias pareciam estranhas, mas os termos dessa discussão são tão antigos e ordinários como o homem – pois muitos dos atrativos e temores semelhantes levam à morte qualquer pecador tentado e temeroso – e, assim como ocorre com a maioria dos meus semelhantes, escolhi a melhor parte de mim, desejando ter forças suficientes para manter minha decisão.

Sim, preferi o médico mais velho e insatisfeito, cercado de amigos, bem como cheio de esperanças honestas, e dei um adeus decidido à liberdade, à juventude, à leveza, aos impulsos abruptos e aos prazeres secretos de que usufrui sob o disfarce de Hyde. Fiz essa escolha, talvez, com certa reserva inconsciente, pois nunca desisti da casa do Soho, tampouco destruí as roupas de Edward Hyde, que continuaram guardadas, prontas para o uso, no meu gabinete. Por dois meses, entretanto, mantive-me firme em minha determinação, por dois meses levei uma vida austera como nunca antes, e aproveitei as vantagens de uma consciência tranquila. O tempo, porém, começou, por fim, a destruir o frescor de meus cuidados; os elogios à minha consciência se transformaram em algo rotineiro, passei a me sentir torturado por uma agonia violenta e certos anseios, como se Hyde lutasse pela liberdade e, finalmente, em um momento de fraqueza moral, mais uma vez preparei a mistura transformadora e a tomei.

Não suponho que, quando o ébrio discute consigo mesmo as razões de seu vício, ele se deixe levar sequer uma vez em muitas pelos perigos que corre por causa de sua brutal insensibilidade física, tampouco eu, embora tenha considerado longamente minha posição, tinha conhecimento da completa insensibilidade moral e da insensata disposição para o mal que constituíam o caráter de Edward Hyde. E foi por isso, contudo, que fui punido. Meu demônio havia permanecido preso por um longo tempo, mas agora escapava rugindo. Eu sabia, mesmo quando resolvi tomar a bebida, que sua propensão para o mal estava mais desenfreada, mais furiosa. Suponho que tenha sido isso que lançou em minha alma a impaciência tempestuosa com que passei a dar ouvidos aos cortejos da minha vítima infeliz. Declaro, por fim, perante Deus, que nenhum homem moralmente são poderia ser culpado por tal crime diante de uma provocação tão lamentável e que a golpeei com um espírito menos sensato do que o de uma criança que quebra seu brinquedo. Porém, eu havia me libertado voluntariamente de todos esses instintos equilibrados pelos quais até mesmo o pior dos homens continua a caminhar com certa firmeza por entre as tentações – em meu caso, ser tentado, mesmo que levemente, significava cair.

Instantaneamente, o espírito do mal despertou dentro de mim e rompeu furioso. Com grande regozijo, ataquei aquele corpo dócil, experimentando uma sensação de prazer a cada golpe, e só quando comecei a ser dominado pelo cansaço é que, de repente, no auge do meu delírio, meu coração foi acometido por um calafrio de terror. A neblina se dispersou, vi minha vida prestes a ser perdida e fugi daquele cenário de excessos, sentindo, ao mesmo tempo, glória e calafrios, mas com meu desejo pelo mal gratificado e estimulado, meu amor pela vida aguçado ao máximo. Corri em direção à casa do Soho, e (para me certificar) destruí todos meus documentos. Voltei, então, a sair pelas ruas iluminadas tomado pelo mesmo êxtase dividido, contemplando meu crime, inventando vertiginosamente outros para o futuro, mas, ao mesmo tempo, fugindo e escutando no meu caminho os passos de um vingador. Hyde tinha uma música nos lábios enquanto preparava a bebida e, prestes a tomá-la, brindou o homem morto. Os espasmos da transformação ainda não o haviam deixado quando Henry Jekyll, chorando de gratidão e remorso, caiu de joelhos e ergueu as mãos aos céus. Os véus da autoindulgência tinham caído ao chão, e vi minha vida por inteiro: desde a infância, quando caminhava de mãos dadas com meu pai, passando pela luta abnegada de minha vida profissional até chegar, tomado pela mesma sensação de irrealidade, aos malditos horrores daquela noite. Eu podia ter gritado, mas abafei as imagens e os sons hediondos que tomavam minha memória com lágrimas e orações, e, ainda assim, entre as aclamações, o rosto horrível de minha iniquidade encarava minha alma. Quando meu remorso se aplacou, fui dominado por uma sensação de felicidade. Os problemas de minha conduta estavam resolvidos. A partir dali, Hyde seria impossível; querendo ou não, agora eu estava preso à melhor parte da minha existência e, ah!, como me agradava pensar isso! Com que humildade voluntária abracei novamente as restrições de uma vida natural! Com que renúncia sincera tranquei a porta pela qual entrara e saíra tantas vezes, e guardei a chave sob meu calcanhar!

No dia seguinte, chegaram as notícias de que houvera um crime e de que todos sabiam que Hyde era o culpado, e que a vítima era um homem que desfrutava de grande estima pública. Não fora apenas um crime, mas um ato de loucura. Creio que fiquei feliz ao saber disso, gostei de saber que meus melhores impulsos estavam assim apoiados e guardados pelos terrores do cadafalso. Jekyll era agora meu refúgio, pois bastaria deixar Hyde sair por um instante para que as mãos de todos os homens fossem erguidas para pegá-lo e matá-lo.

Resolvi que minha conduta futura seria redimir o passado, e posso dizer honestamente que minha resolução gerou bons frutos. Você bem sabe o quão fervorosamente trabalhei, nos últimos meses do ano passado, para aliviar o sofrimento, sabe que fiz muito pelos outros e que esses dias passaram com tranquilidade, quase com alegria para mim. Não que eu possa dizer sinceramente que estivesse cansado dessa vida benevolente e inocente. Acho que, em vez disso, eu a aproveitava mais a cada dia, mas ainda estava amaldiçoado pela dualidade dos meus propósitos e, quando o momento crítico da minha penitência passou, o lado mais baixo de mim mesmo, por tanto tempo satisfeito e recentemente aprisionado, passou a grunhir para se libertar. Não que eu sonhasse ressuscitar Hyde – essa simples ideia me causa um frenesi – não, foi na minha própria pessoa, mais uma vez tentada a jogar com minha consciência, que, por fim, cedi aos assaltos da tentação como um pecador ordinário e secreto.

Tudo tem sempre um fim, até mesmo a medida de maior capacidade acaba por encher-se, e essa rápida condescendência ao mal destruiu, em definitivo, o equilíbrio de minha alma. Mesmo assim, não fiquei assombrado, pois a queda me pareceu natural, como um retorno aos velhos tempos, antes de minha descoberta. Era um belo e claro dia de janeiro, em que o gelo se derretia sob os pés formando poças, límpido, sem qualquer nuvem no céu, o Regent's Park fora tomado pelos gorjeios do inverno e os perfumes doces da primavera. Sentei-me em um banco ao sol, o animal que vivia dentro de mim lambia as feridas da memória, meu lado espiritual estava um tanto adormecido, prometendo uma penitência subsequente, mas ainda não convencido a começá-la. Afinal, pensei, era como meus semelhantes e, então, sorri, comparando-me a outros homens, comparando minha bondade ativa à vaga crueldade de seu descaso. E, no momento em que me vangloriava com aquele pensamento, fui dominado por um mal-estar, uma terrível náusea e um incrível tremor. A sensação desapareceu, mas fiquei tonto e, quando a tontura passou, comecei a ficar consciente da alteração em meu humor: percebi uma audácia maior, um desprezo pelo perigo, a dissolução dos vínculos de obrigação. Olhei para baixo, minhas roupas estavam folgadas sobre os membros encolhidos, a mão apoiada em meu joelho era nodosa e coberta de pelos. Eu mais uma vez assumia a forma de Edward Hyde. Um instante antes, eu podia confiar no respeito dos outros, era rico e querido – a mesa posta na sala de jantar de casa me aguardava –, e agora eu era uma vítima comum da humanidade, perseguido, desabrigado, um assassino conhecido, um condenado à forca.

Minha lucidez vacilou, mas não me abandou totalmente. Já havia observado mais de uma vez que, sob minha segunda personalidade, minhas faculdades pareciam mais aguçadas e minha mente, mais tensamente elástica; assim, onde Jekyll talvez sucumbisse, Hyde esteve à altura da importância do momento. Minhas drogas estavam em um dos armários do meu gabinete, mas como eu iria pegá-las? Esse era o problema que, apertando minhas têmporas entre as mãos, me propus a resolver. Havia trancado a porta do laboratório. Se eu tentasse entrar pela casa, meus próprios criados me entregariam à força. Vi que precisava de ajuda, e pensei em Lanyon. Como ir até ele? Como convencê-lo? Supondo que eu conseguisse evitar ser pego nas ruas, como encontrá-lo? E como eu, um visitante desconhecido e desagradável, convenceria o famoso médico a roubar o gabinete de seu colega, dr. Jekyll? Então, lembrei-me de que ainda havia algo da minha personalidade original: eu poderia escrever com minha própria letra, e, uma vez concebida a faísca, o caminho que eu deveria seguir se iluminou por completo.

Com isso, ajeitei minhas roupas o melhor que pude, chamei um cabriolé que passava e me dirigi a um hotel na Portland Street, cujo nome não consigo me lembrar. Diante da minha aparência (na verdade bastante cômica, embora aquele traje ocultasse um trágico destino), o cocheiro não conseguiu conter o riso. Rangi os dentes com uma fúria diabólica, e o sorriso sumiu de seu rosto, felizmente para ele e ainda mais para mim, pois em outro momento eu certamente o teria arrancado do banco. Quando entrei no hotel, olhei à minha volta com um semblante tão sombrio que os funcionários estremeceram. Eles não trocaram um olhar sequer na minha presença, mas obedeceram obsequiosamente às minhas ordens, conduziram-me a um quarto privado e me forneceram material para escrever. Hyde, correndo risco de vida, era uma criatura nova para mim. Mesmo sacudido por uma raiva desmedida, levado ao crime, ansioso por provocar a dor, ele se revelou uma criatura astuta, pois dominou a fúria com muita força de vontade e escreveu duas cartas importantes, uma endereçada a Lanyon, outra a Poole e, para se certificar de que seriam postadas, deu instruções para que fossem registradas.

A partir de então, passou o dia todo sentado diante da lareira em seu quarto privado, roendo as unhas. Jantou ali sozinho com seus medos, deixando o criado visivelmente amedrontado só de olhá-lo e, então, quando a noite chegou, escondeu-se em um canto de um carro fechado e seguiu pelas ruas da cidade. Ele, pois não posso dizer eu. Aquele ser maligno não tinha nada de humano, nele só viviam o medo e o ódio. Quando, por fim, o cocheiro começou a suspeitar de algo, ele dispensou o carro e continuou a pé, com sua roupa larga chamando a atenção dos transeuntes noturnos, suas duas paixões vis enfurecidas dentro dele como uma tempestade. Andou depressa, perseguido pelos seus temores, falando sozinho, amuado pelos caminhos menos frequentados, contando os minutos que ainda o separavam da meia-noite. Uma mulher falou com ele para oferecer-lhe, creio, uma caixa de fósforos. Ele a esbofeteou, e ela fugiu.

Quando voltei a mim na casa de Lanyon, o horror que acometia meu velho amigo talvez tenha me afetado de algum modo, não sei, aquilo era apenas uma gota no oceano comparado à repugnância que sinto ao me lembrar daquelas horas. Já não era mais o medo da forca que me atormentava, mas o horror de me transformar em Hyde. Uma mudança havia ocorrido em mim. Ouvi as condenações de Lanyon quase como em um sonho, também foi quase como um sonâmbulo que voltei para casa e me deitei. Adormeci depois do cansaço daquele dia, dormi um sono tão rigoroso e profundo que nem mesmo os pesadelos que me atormentavam conseguiram interromper. Acordei na manhã seguinte agitado, debilitado, mas renovado. Eu ainda sentia ódio e temor só de pensar na criatura bruta que dormia dentro de mim e não havia, obviamente, esquecido os terríveis perigos do dia anterior, mas eu estava outra vez em casa, em minha própria casa e perto das minhas drogas. A gratidão que sentia pela minha fuga brilhava com tanta intensidade em minha alma que quase rivalizou com o brilho da esperança.

Caminhava calmamente pelo pátio depois do café da manhã, tomando o ar fresco com prazer, quando fui dominado outra vez por aquelas sensações indescritíveis que antecediam as transformações e tive apenas tempo de me abrigar em meu gabinete antes de me sentir novamente furioso e gelado pelas paixões de Hyde. Naquela ocasião, foi preciso tomar uma dose dupla para me lembrar de mim mesmo. Seis horas depois, enquanto olhava tristemente para o fogo, os tremores retornaram, e precisei ministrar a droga mais uma vez. Resumindo, daquele dia em diante, só conseguia manter a aparência de Jekyll com um esforço gigantesco e sob o efeito imediato da droga. Em todas as horas do dia e da noite, eu era tomado por um arrepio premonitório, principalmente porque, se dormia ou apenas cochilava por um momento em minha poltrona, acordava sempre sob a aparência de Hyde. Sob a tensão contínua daquele destino funesto e da insônia a que agora me condeno e que é maior do que julgava um homem poder suportar, personifiquei a criatura devorada e consumida pela febre, languidamente frágil de corpo e alma, e dominada por um só pensamento: o horror da minha outra personalidade. Quando, contudo, dormia ou o efeito da droga acabava, eu era possuído, quase sem vivenciar a transformação (pois os tremores da transformação eram cada dia menos evidentes), por uma fantasia repleta de imagens de terror, uma alma tomada por um ódio sem causa e um corpo que parecia fraco para suportar as energias raivosas da vida. Os poderes de Hyde pareciam ter aumentado diante da debilidade de Jekyll. E, certamente, o ódio que agora os separava era igual em ambas as partes. Para Jekyll, era um instinto vital. Ele agora já tinha visto a deformidade completa daquela criatura com quem dividia parte do fenômeno da consciência e coerdaria a morte; e, além desses laços de comunidade, que em si formavam a parte mais patética do seu sofrimento, considerava Hyde e toda sua energia vital algo não apenas infernal, mas também inorgânico. E isso era o mais espantoso: que o lodo do abismo proferisse vozes e gritos, que a poeira amorfa gesticulasse e pecasse, que o que estava morto e não tinha forma pudesse usurpar as funções da vida. E que, mais uma vez, aquele horror insurgente estivesse mais ligado a ele do que uma esposa, mais do que seus olhos, estava preso à sua carne, da qual ele o ouvia murmurar e lutar para aflorar, e, a cada momento de fraqueza, na confidência do sono, impunha-se sobre ele e o destituía da vida. O ódio que Hyde sentia por Jekyll era de uma ordem diferente. Seu medo da forca o tinha levado a cometer continuamente um suicídio temporário e a retornar à sua posição de parte em vez de pessoa, mas ele detestava o desalento em que Jekyll caíra e se ofendia com a aversão com que ele o considerava. Por isso, os truques símios que me pregava, escrevendo blasfêmias por meio das minhas mãos nas páginas dos meus livros, queimando as cartas e destruindo o retrato do meu pai, e, de fato, se não fosse pelo seu medo da morte, ele já teria destruído a si mesmo havia muito tempo só para me levar à ruína. Seu amor à vida, contudo, é maravilhoso; vou além: eu, que sinto asco e congelo apenas ao pensar nele, quando recordo da abjeção e da paixão desse apego, e quando vejo que ele teme meus poderes de eliminá-lo por meio do suicídio, sinto, no fundo do coração, pena dele.

É inútil – e o tempo me escapa terrivelmente – prolongar essa descrição. Ninguém jamais sofreu tais tormentos e, no entanto, o hábito trouxe não alívio, mas certa insensibilidade de alma, certa aquiescência no desespero, e meu castigo poderia perdurar por anos se não fosse essa última calamidade que agora cai sobre mim e que, por fim, me separou de meu próprio rosto e natureza. Minha provisão de sal, que nunca havia sido renovada desde o primeiro experimento, começou a rarear. Mandei que buscassem uma nova reserva e preparei a mistura. O líquido entrou em ebulição e mudou de cor uma vez, mas não duas, bebi-o e ele não fez efeito. Poole vai lhe contar como vasculhei a cidade para encontrá-lo, mas a busca foi em vão, e agora estou convencido de que minha primeira remessa era impura, e foi essa impureza desconhecida que tornou a mistura eficaz.

Cerca de uma semana se passou, e estou terminando este relato sob a influência da última dose do pó antigo. Essa, portanto, é a última vez, a não ser que ocorra um milagre e Jekyll possa exteriorizar seus próprios pensamentos ou ver seu próprio rosto (agora tristemente alterado!) no espelho. Não devo demorar muito para terminar meu relato. Se minha narrativa até agora escapou da destruição, foi por uma combinação de muita prudência e sorte. Se a agonia da transformação me assolar enquanto escrevo, Hyde vai rasgá-la em mil pedaços, mas se algum tempo se passar depois que terminá-la, seu imenso egoísmo e sua capacidade de ater-se ao tempo presente vão, provavelmente, salvá-la da ação de seu rancor simiesco. E, de fato, o destino funesto que se aproxima de nós dois já o modificou e o subjugou. Daqui a meia hora, quando devo assumir mais uma vez e para sempre a personalidade odiosa, sei que permanecerei sentado, tremendo e chorando na poltrona, ou que continuarei, dominado por um êxtase de tensão e medo, a caminhar por este quarto (meu último refúgio terreno), ouvindo todos os sons ameaçadores. Será que Hyde morrerá no cadafalso? Ou encontrará coragem para se libertar no último momento? Só Deus sabe, não me importo, esta é a verdadeira hora da minha morte, e o que se seguirá é o destino de outro homem. Assim, ao pousar a pena e selar minha confissão, ponho fim à vida do infeliz Henry.

Este livro foi composto em Bell Gothic e Garamond Premier Pro
e impresso pela Prol Gráfica sobre papel Offset 90g/m².